Martina Hörle

Das Haus im Traum

AF237397

Bibliografische Information der Deutschen Nationalbibliothek

Die Deutsche Nationalbibliothek verzeichnet diese Publikation in der Deutschen Nationalbibliografie; detaillierte bibliografische Daten sind im Internet unter http://dnb.d-nb.de abrufbar.

© 2022 Martina Hörle
Herstellung und Verlag:
BoD – Books on Demand, Norderstedt
September 2022
ISBN 9 783754 314555

Martina Hörle

Das Haus im Traum

Verschlungene Wege zwischen Vergangenheit und Gegen-wart

Novelle

Prolog

Drei Urformen der Erkenntnis:

- die Weisheit des Alters

- die Einsicht der Lebensmitte

- die Neugier der Jugend

Triaden (Dreiergruppen) und die Verdreifa-
chung ziehen sich wie ein roter Faden durch
die keltische Welt. Fragen werden dreimal
gestellt. Die Zahl Drei kann die Kraft verstär-
ken und verschiedene Erlebnisse verbinden.
Bei Skulpturen fließen Köpfe und Gesichter
so weit ineinander, dass sie zu einer Einheit
verschmelzen.

Das Haus im Traum

Danuta lag reglos im Bett und lauschte. Da waren die Schritte, ganz leise und leicht, aber trotzdem zu hören. „Als ob jemand auf Socken schleicht", kam es der alten Dame flüchtig in den Sinn. Sie zitterte wie Espenlaub. Seit Wochen ging das so. Nacht für Nacht dieses Geräusch. Meist verkroch sie sich ängstlich unter ihrer Bettdecke, wagte kaum zu atmen. Morgens war sie wie gerädert. Der Mangel an Schlaf raubte ihr die Kraft. Abends ging sie nur zögernd ins Bett, fürchtete sich davor, die Schritte wieder zu hören. Was war das bloß? Sie hatte bislang nicht die geringsten Spuren finden können. Kein Stück fehlte, nichts war kaputt.

Auch in dieser Nacht waren sie wieder da. Danuta verzweifelte fast. Konnte sie nicht irgendetwas tun? Sie war gar nicht mutig, doch sie wollte, dass das aufhörte. Mit aller

Macht versuchte sie, ihre Gedanken zu sammeln. Würde ein Einbrecher wiederholt dasselbe Haus aufsuchen? „Natürlich nicht", gab sie sich gleich darauf die Antwort. Er würde auch nicht die Schuhe ausziehen. Aber warum sollte jemand jede Nacht herkommen? „Du wirst das nie wissen, wenn du nicht nachschaust", befahl sie sich selbst, fasste sich ein Herz und kroch behutsam unter der Decke hervor. Eine Taschenlampe wollte sie nicht anknipsen. So schlich sie im Dunkel auf Zehenspitzen zur Schlafzimmertür. Im Zeitlupentempo drückte sie die Klinke herunter. Gott sei Dank knarrte die nicht.

Nur einen Spalt breit öffnete sie die Tür und schaute mit einem Auge hindurch. Es war nichts zu sehen. Ein Schauer lief ihr über den Rücken. Vorsichtig öffnete sie die Tür etwas weiter, so dass sie gerade aus dem Zimmer schlüpfen konnte, und lehnte sie hinter sich an. Lautlos näherte sie sich der Treppe, die in die unteren Räume führte. Kalter Schweiß stand auf ihrer Stirn. Reglos blieb sie am Treppengeländer stehen und spähte in die Dunkelheit. Alles still. Die Schritte waren verstummt. Verwirrt stand sie da, minutenlang. Das Zittern verstärkte sich. Da erst bemerkte sie, wie sehr sie fror.

Danuta war absolut sicher, dass sie nicht geträumt hatte. Doch sie zweifelte auch nicht daran, dass sie jetzt allein im Haus war. Es war niemand zu sehen oder zu hören. Langsam legte sich die Anspannung, die Müdigkeit forderte ihr Recht. Danuta gähnte und riss dabei ganz weit den Mund auf. Schnell hielt sie die Hand davor. Dann schüttelte sie den Kopf. So was Albernes, es war doch niemand da. Zurück im Schlafzimmer kroch sie schnell unter ihre Decke und rieb die Füße aneinander. Mit kalten Füßen konnte sie nicht einschlafen. Doch endlich dämmerte sie wieder hinüber ins Traumland.

Als sie erwachte, war es heller Tag. Danuta warf einen Blick auf den Wecker. Wieso hatte der nicht geklingelt? Mein Gott, schon neun Uhr. Gewöhnlich stand sie um sieben Uhr auf. „Ryan würde jetzt wieder fragen, warum ich so früh aufstehe", dachte sie mit einem leichten Lächeln an ihren Enkel. Sie hatte sich im Laufe ihres Lebens an diese Zeit gewöhnt. Früher, als ihr Mann noch gelebt hatte, war sie immer mit ihm gemeinsam aufgestanden, hatte den Frühstückstisch gedeckt und ihrem Mann Gesellschaft geleistet, bis dieser zur Arbeit gegangen war. Er war schon vor einigen Jahren gestorben. Aber Danuta hatte die Angewohnheit beibehalten, nur, dass sie jetzt allein frühstückte. Danach räumte sie das Geschirr in die Küche und spülte es gleich ab. Sie mochte es nicht, wenn etwas in der Küche herumstand.

Sie musste sich keine Sorgen um ihre finanzielle Situation machen. Dank der guten Position ihres Mannes verfügte sie über eine ansehnliche Rente. Manchmal bedauerte sie es direkt. Nicht, dass sie gut versorgt war, nein, das nicht. Ihr Leben war nur recht ereignislos. Sie hatte keine Beschäftigung. Früher waren sie viel gereist, doch allein machte das keinen Spaß. Kinder hatte sie nicht, auch nur wenige Bekannte. Ab und zu hielt sie ein Schwätzchen mit der Nachbarin oder wechselte ein paar Worte mit dem Postboten. Ein oder zwei Mal in der Woche ging sie zum Einkaufen, holte Brot, Wurst oder Käse, hin und wieder einen Liter frische Milch. Die nette Inhaberin des kleinen Lebensmittelgeschäftes erzählte ihr bereitwillig von den Neuigkeiten. Viel war es nicht. In dem kleinen Ort passierte kaum etwas. Aber für Danuta war diese Unterhaltung eine willkommene Abwechslung.

Am meisten freute sie sich jedoch, wenn ihr Enkel zu Besuch kam. Ryan war ein lieber junger Mann, der ihr so manche Hilfe leistete. Neulich erst hatte er ihr ein Küchenregal angebracht. Wenn er am Wochenende kam, starteten sie gemeinsam einen Großeinkauf, damit Danuta ihre Vorräte wieder auffüllen konnte und nicht so viel zu schleppen hatte. Außerdem sah Ryan überall nach dem Rechten. Im Haus gab es immer wieder kleinere Reparaturarbeiten, die er, so gut er konnte, erledigte. „Dafür musst du doch keinen Handwerker anrufen." So schraubte er eine Schranktür wieder fest, tauschte Glühbirnen aus und schaffte Abhilfe, wenn der Wasserhahn mal wieder tropfte. Meist blieb er bis zum Sonntagabend, sehr zur Freude der alten Dame.

Eigentlich war sie gar nicht seine Großmutter. Das erste Mal hatte er sie getroffen, als sie mit schweren Taschen vom Einkaufen kam. Danuta hatte sich zum Ausruhen auf eine Bank gesetzt und angefangen, sich mit einer kleinen Maus zu unterhalten, die zu ihren Füßen nach etwas Essbarem suchte. Ryan hatte die beiden eine Zeitlang beobachtet. Es war ein so idyllischer Anblick, dass der junge Mann die ältere Dame angesprochen hatte. Daraus war eine nette und herzliche Unterhaltung geworden, in deren Verlauf Ryan angeboten hatte, Danuta die Taschen nach Hause zu tragen. Aus dieser Begegnung hatte sich eine innige Freundschaft entwickelt. Danuta wusste so gut wie nichts über den jungen Mann. Und auch er selbst konnte nicht viel über sich erzählen.

„Mein Name ist Ryan." Sicher war er nicht, doch auf unbestimmte Art spürte er, dass ihn etwas mit diesem Namen verband.

Bald hatte sie angefangen, ihn als ihren Enkel zu betrachten. Etwas Unerklärliches zog sie zu diesem jungen Mann. Sie wusste, wie er sich fühlte. Sie hatte ebenso wie er keine Erinnerung daran, wo ihre Wurzeln waren. Ihr Mann hatte nicht weiter gefragt. „Jetzt bist du hier bei mir. Das ist alles, was ich wissen muss." Sonst hatte sie nie jemandem etwas gesagt. Ryan freute sich, als sie ihm den Vorschlag machte, sie von jetzt an als seine Großmutter zu sehen. „So eine liebe Oma möchte ich gerne haben", lachte er, umfasste ihre Taille und schwenkte sie mit ein paar Drehungen in der Küche herum.

Danuta schmunzelte, als sie daran dachte. Bald war Samstag, da würde er wieder vorbeikommen, um ihr eine neue Lampe aufzuhängen. Sie zog die volle Tüte aus dem Mülleimer und brachte sie vor die Tür. Draußen werkelte die Nachbarin im Blumenbeet. „Morgen", rief sie der alten Dame entgegen. „Ich habe schon befürchtet, Sie wären krank." „Wieso?", fragte Danuta zurück.

„Na ja, sonst sind Sie immer so früh auf den Beinen. Aber heute Morgen haben Sie erst spät die Jalousien hochgezogen. Da dachte ich, es ginge Ihnen vielleicht nicht so gut." „Nein, machen Sie sich keine Sorgen. Ist alles in Ordnung. Ich habe nur schlecht geträumt und konnte dann lange nicht wieder einschlafen." Die Nachbarin nickte: „Ja, das kenne ich. Und morgens, wenn man eigentlich aufstehen müsste, fällt man in einen Tiefschlaf."

Danuta nickte. „Ja, genau das ist mir passiert. Aber danke, dass Sie so gut aufgepasst haben." Sie überlegte kurz, ob sie der netten Frau von ihren nächtlichen Erlebnissen erzählen sollte. Doch sie entschied sich zu schweigen. Sie hatte jeden Morgen sorgfältig Fenster und Türen überprüft. Alle waren verschlossen gewesen. Was hätte sie erzählen sollen? Dass sie nachts etwas hörte, am Tage aber nichts zu finden war? Man würde sie doch für senil halten.

Manchmal befürchtete Danuta selbst, dass ihr Kopf schuld sei. Der Gedanke machte ihr Angst. Bisher hatte sie doch alles gut bewältigen können. Sie wollte nicht fort von hier. Seit sie das Haus zum ersten Mal betreten hatte, liebte sie es. Ein imposantes Wohnhaus aus der Jugendstilzeit. Die Architektur mit ihren schwungvollen Linien, Türen und

Deckenverzierungen reich an floralen Ornamenten. Wundervolle Mosaikfliesen bedeckten die Böden. Das Haus hatte zwar mehr Zimmer, als sie brauchte, aber das störte Danuta nicht. Wenn Ryan kam, sagte er immer lachend: „Heute suche ich mir mal ein Zimmer aus, in dem ich länger nicht geschlafen habe." Überdies war da noch der Garten mit den duftenden Sträuchern. Wenn sie auf der kleinen Bank saß, war die Luft voll von süßem Geißblatt. Kurze Zeit später folgte der Jasmin. Sie hörte dem Gezwitscher der Vögel zu, beobachtete die Amseln, wie sie nach dem Regen dicke Regenwürmer aus der Wiese zogen. Nein, sie würde nicht freiwillig von hier fortgehen. „Ich muss mit Ryan sprechen", nahm sie sich vor. Ryan würde bestimmt einen Rat wissen.

Als der Abend anbrach, dachte Danuta angespannt an die kommende Nacht. Obwohl sie müde war, zögerte sie das Schlafengehen so lange wie möglich hinaus. Gründlich überprüfte sie jedes Fenster, schloss jede Tür ab und klemmte zur Vorsicht noch einen Stuhl unter die Klinke. Widerstrebend begab sie sich daraufhin ins Schlafzimmer. Zur Sicherheit stellte sie einen großen Besen neben ihr Bett. Dann legte sie sich hin und horchte aufmerksam auf jedes Geräusch. Alles blieb still. Trotzdem dauerte es lange, bis Danuta in einen unruhigen Schlummer fiel.

Seit einigen Monaten hatte Birgit diesen eigenartigen Traum. Jede Nacht fand sie sich in einem alten Haus wieder. Es war ein Ort, an dem sie sich geborgen und glücklich fühlte. Die alten, schön verzierten Möbel gaben den Räumen eine ganz besondere

Atmosphäre. Wehende Vorhänge an den Fenstern verliehen dem Ganzen ein Gefühl von Freiheit und Leichtigkeit. Der kleine Garten lud zum Verweilen ein. „Hier gehöre ich hin", dachte sie jedes Mal. Es erschien so richtig, so selbstverständlich. Doch morgens beim Aufwachen fand sie sich in ihrer kleinen, engen Wohnung wieder. Es war die einzige, die sie sich leisten konnte.

Finanziell war sie nicht gut bestellt. Mit ihrem geringen Lohn kam sie so gerade über die Runden. Sie arbeitete in einem Gebrauchtmöbelladen. Billige Möbel, die sich kaum jemand freiwillig in die Zimmer stellen würde, fristeten ihr Dasein in den Räumen, die an eine Lagerhalle anmuteten. Hin und wieder kam ein Kunde. Meist waren es Studenten, die sich für kleines Geld ihre Bude einzurichten versuchten.

Den größten Teil des Tages verbrachte Birgit damit, Staub zu wischen. Ihr Chef war die meiste Zeit unterwegs, um „antike Stücke" aufzutreiben. Antike Stücke – Birgit hätte am liebsten laut gelacht. Niemand würde diese Sachen für antik halten. Doch sie sprach es nicht aus. Wenn es auch eine eintönige Arbeit war, gab sie Birgit eine gewisse Sicherheit. Große Sprünge konnte sie sich allerdings nicht leisten. Wenn Birgit ein paar Tage Urlaub machte, unternahm sie lange Spaziergänge in der Natur, versuchte der Enge ihrer Wohnung zu entfliehen. Ein wirkliches Zuhause hatte sie nicht gehabt. Sie war im Waisenhaus aufgewachsen. Ihre Mutter hatte sie nie kennengelernt. Niemand wusste etwas von ihr. Sie selbst hatte ebenfalls keine Erinnerung an die Zeit vor dem Waisenhaus. Anwohner hatten sie völlig durchnässt am Ufer eines Sees sitzen sehen, ein großes Stück Holz in den Armen.

Auf keine der vielen Fragen hatte sie antworten können. „Vielleicht ist sie nicht ganz richtig im Kopf", hatten die Leute vermutet und sie ins Waisenhaus gebracht. Das Holz war am Ufer liegengeblieben.

Tief in ihrem Inneren hoffte sie, doch noch ihr Traumhaus zu finden. Vielleicht erfuhr sie dann etwas von ihrer Herkunft. Jeden Abend, kaum dass sie eingeschlafen war, tauchte sie dort auf. Und jedes Mal ging sie durch alle Räume, bewunderte den Garten, stand vor einer großen Treppe mit geschwungenem Handlauf und fragte sich, ob sie hinaufgehen sollte. Irgendetwas hielt sie immer davon ab. Was es war, wusste Birgit nicht. Doch sobald sie den Fuß auf die unterste Stufe setzte, wachte sie auf. Was mochte der Traum nur bedeuten?

❧

Danuta schreckte hoch. Da waren sie wieder. Schritte, die ganz leicht über den Boden glitten. Wie war das möglich? Bei den Sicherheitsvorkehrungen hätte niemand unbemerkt ins Haus gelangen können. Wer ging da unten herum? Der alten Dame klopfte das Herz bis zum Hals. Sie fasste all ihren Mut zusammen und schlich, den Besen fest in der Hand, bis zur Treppe. Ihr Blick fiel auf das Treppengeländer. Obgleich es dunkel war, sah sie deutlich die Verschnörkelungen und Ornamente, mit denen der Handlauf gestaltet war. Erst recht hätte sie jemanden erkannt, der sich bewegt hätte.

Aber nichts rührte sich. Die Schritte waren verstummt. Mit dem Mut der Verzweiflung umklammerte Danuta den Besenstiel und schlich die Stufen hinunter, schaute vorsichtig ins erste Zimmer. Niemand zu sehen. Auch im nächsten Zimmer nicht. Dann erst traute sie sich, das Licht einzuschalten. Mit zitternden Knien setzte sich die alte Dame auf einen Küchenstuhl. An Schlaf war in dieser Nacht nicht mehr zu denken. Sie erschauderte bei dem Gedanken, dass es so weitergehen würde. So schnell wie möglich musste sie mit Ryan sprechen.

„Was hast du gemacht?" Ryan schaute seine Großmutter entgeistert an. „Wie kannst du so unvernünftig sein und die Treppe runtergehen? Glaubst du wirklich, der Besenstiel hätte dir im Ernstfall geholfen?" Der junge Mann konnte sich gar nicht beruhigen. Er dachte daran, was seiner Großmutter alles hätte passieren können. „Stell dir doch nur mal vor, es wären wirklich Einbrecher gewesen. Denkst du, die hätten das Haus wieder verlassen, weil du sie darum bittest?" Klein-laut musste Danuta zugeben: „Ja, mein Junge, du hast ja recht. Aber ich musste ein-fach wissen, was da vor sich ging. Ich bin ganz leise gewesen. Da konnte mich keiner hören."

Ryan schüttelte den Kopf. Warum sollte er der alten Frau jetzt noch Vorwürfe machen? Der junge Mann setzte sich an den Tisch, nur um sofort wieder aufzustehen. „Das gibt überhaupt keinen Sinn." Er strich sich mit der Hand die Haare aus dem Gesicht, sah seine Großmutter nachdenklich an und schüttelte mit dem Kopf. Sofort fielen die Haare wieder über die Stirn. „Junge, du musst mal wieder zum Friseur." Das war typisch. Selbst in den wichtigsten Augenblicken fielen der alten Frau solche Kleinigkeiten auf. So war sie eben, fürsorglich, mütterlich. Das war einer der Gründe, weshalb Ryan sie so liebte.

„Kannst du dich erinnern, wann du die Schritte zum ersten Mal gehört hast?" „Nein, mein Junge", schüttelte Danuta den Kopf. „Genau weiß ich das nicht. Ich glaube, es war kurz nach deinem Urlaub. Du hast mich doch gleich nach deiner Rückkehr besucht, weißt du noch? Wir hatten so einen schönen Nachmittag. Du hast ganz begeistert erzählt." Die Augen des jungen Mannes leuchteten auf. „Ja, es war einmalig. Wales ist ein so geheimnisvoller Flecken Erde. Das kann man gar nicht erklären. Ich hatte immer das Gefühl, in einer früheren Zeit zu sein. Hältst du mich für etwas verrückt?" „Nein, ganz bestimmt nicht", versicherte Danuta. „Ich war früher auch oft da, mit meinem Mann, der, wenn er noch leben würde, sicher dein Großvater geworden wäre. Er hat sich ungemein für die Kelten interessiert, konnte gar nicht genug darüber erfahren. Wenn wir in Wales waren, verbrachte er die meiste Zeit damit, alte Waliser Eingeborene mit seinen Fragen zu löchern. Er wollte einfach alles wissen. Mich hat es auch ungeheuer interessiert. Es war, als wäre die Zeit stehengeblieben. Und dann habe ich die Gelegenheit für lange Wanderungen durch die Landschaft genutzt. Die ist einzigartig, das weißt du ja selbst."

Ryan nickte. Ja, das wusste er nur zu gut. Das Gefühl von Weite, diese Atmosphäre voller Schwingungen – überall war sie zu spüren. So unwirklich und doch real. „Aber wenn du sagst, deine merkwürdigen Erlebnisse seien erst nach meinem Urlaub aufgetreten: Wer außer mir hat dich denn in der letzten Zeit noch besucht?" „Ach, Junge, ich bekomme doch kaum noch Besuch. Der Briefträger war natürlich da. Ach ja, die Nachbarin hat sich einmal eine Tüte Zucker geborgt. Aber sonst war nichts."

Ryan stand auf. „Ich denk drüber nach, was wir tun können. Versprochen." Er gab seiner Großmutter einen Kuss auf die Wange, nahm seine Schlüssel und ging zu seinem Auto. „Bis bald, mein Junge", rief ihm Danuta nach. Er winkte ihr zu, gab dann Gas und war Sekunden später verschwunden. Danuta ging zurück ins Haus, räumte die Tassen in die Spüle und dachte dabei an ihren Enkel. Sie war überzeugt, dass ihm etwas einfallen würde. Auf den Jungen war Verlass.

Ryan ging diese Geschichte nicht aus dem Kopf. Er liebte seine Großmutter. Seine tiefsten Geheimnisse konnte er ihr anvertrauen. Immer verstand sie ihn und wusste Rat. Sie war ein besonderer Mensch. Ryan zweifelte nicht daran, dass die Großmutter vollkommen gesund war. Wenn sie nachts durch

Schritte geweckt wurde, dann war da etwas. Im Moment hatte er allerdings keine Erklärung dafür. „Im Dunklen spielen einem die Sinne ja hin und wieder einen Streich", grübelte er vor sich hin. Vielleicht hörten sich die Geräusche nur wie Schritte an und waren in Wirklichkeit etwas ganz anderes. Ryan war fest entschlossen, das Geheimnis zu lüften. Schon deshalb, damit die alte Frau wieder ruhig schlafen konnte. Wort für Wort ging er im Geist ihre Unterhaltung noch einmal durch. Was hatte sie gesagt? Es hätte alles erst nach seinem Urlaub angefangen? Das musste Zufall sein. Trotzdem versuchte Ryan, sich an alles zu erinnern. Wen hatte er in den letzten Wochen getroffen? Mit wem über die Großmutter gesprochen? War jemand darunter gewesen, den er noch nicht lange kannte? Was steckte überhaupt dahinter? Niemand ging nachts in ein fremdes Haus und verschwand einfach wieder. „Das tut doch nur jemand, der nicht ganz richtig im Kopf ist", murmelte er halblaut, „oder der etwas auskundschaften will." Den letzten Gedanken verwarf er wieder. Hätte jemand etwas stehlen wollen, hätte er das längst getan.

Wie war das gewesen, als er nach seiner langen Urlaubsreise das erste Mal wieder bei der Großmutter war? Sie hatte freudestrahlend in der Tür gestanden und ihn umarmt. Sie hatten, wie sie es immer taten, gemeinsam in der Küche gesessen, Tee getrunken und er hatte erzählt. Danuta hatte aufmerksam zugehört, viele Fragen gestellt. Manchmal hatte sie ihn aufgeregt unterbrochen, wenn er etwas schilderte, das sie früher selbst gesehen hatte. Erst Stunden später war er aufgebrochen. „Jetzt muss ich aber nach Hause." „Ja, mein Junge, ich habe dich so lange aufgehalten." „Ach was, du weißt doch, wie gerne ich immer bei dir bin." Da hatte sie gelacht. An der Tür nahm sie ihn in den Arm. „Es war schön, dass du da warst. Und ich danke dir auch noch mal für das wundervolle Geschenk."

Es war ein Fundstück aus Wurzelholz und Baumrinde, das er ihr von der Insel Anglesey mitgebracht hatte. Bei seinen ausgedehnten Erkundungstouren war er mehr oder weniger darüber gestolpert. Die einzigartige Form hatte Ryan sofort fasziniert. Er hatte das Holz sorgsam in seine Jacke gewickelt und zu Hause mit einer weichen Bürste vorsichtig den Schmutz entfernt. Jetzt stand es im Wohnzimmer der Großmutter, auf dem kleinen Nussbaum-Schränkchen mit den aufwändigen Schnitzereien. Ryan schüttelte den Kopf. Nichts, was ihm hätte weiterhelfen können. Er musste woanders nach der Lösung forschen.

Nur einen kurzen Spaziergang hatte sich Birgit heute gegönnt. Sie war lange im Geschäft gewesen. Die letzten Kunden hatten sich überhaupt nicht entscheiden können, sich ständig etwas anderes zeigen lassen. Sie hatten alles endlos lang betrachtet, haufenweise Fragen gestellt, nur, um dann wieder zu gehen, ohne etwas zu kaufen. Hinterher hatte ihr Chef noch gemeint, sie habe sich sehr ungeschickt angestellt. „Irgendetwas hätten Sie denen doch bestimmt verkaufen können. Wenn Sie sich nur mal ein bisschen mehr Mühe geben würden..." Dazu war Birgit nicht bereit. Sie wollte niemandem etwas „andrehen", wie sie es nannte. Aber genau das wurde von ihr erwartet. Abermals wurde ihr überdeutlich bewusst, dass sie eigentlich gar nicht hier sein, nicht diese Arbeit machen wollte. „Und ebenso deutlich solltest du dir darüber klar sein, dass du das Geld brauchst", schimpfte sie innerlich mit sich selbst.

Stunden später war auch dieser Arbeitstag endlich vorbei. Sie ging ein paar Schritte durch die sonnenbeschienenen Straßen bis zu ihrer Wohnung. Widerstrebend schloss sie die Haustür auf, hängte ihre Jacke über den Bügel und sah sich um. Heute war einer dieser Tage, an denen sie schmerzlich feststellen musste, wie weit entfernt sie doch von dem war, was sie wollte. Sie fühlte sich leer und ausgebrannt. Würde sie ihre Lebensumstände jemals ändern können? Wie denn, ohne Geld? Zu wissen, was einem fehlt, hieß ja nicht, es bekommen zu können. Hätte sie doch nur eine Stellung mit etwas besserem Einkommen. Sie streifte die Schuhe von den Füßen und ging barfuß in ihr kleines, enges

Wohnzimmer. Dort ließ sie sich auf das Sofa fallen, zog die Beine hoch und legte den Kopf auf die Rückenlehne. Sie schloss die Augen und träumte vor sich hin. Ach ja, eine Stelle, die Freude machte, wo man gerne hinging. Ein höherer Lohn als bisher. Sie würde eisern sparen und dann – so hoffte sie - würde sie eine behagliche Wohnung finden ... Oder ein Haus, vielleicht im Jugendstil. Ein Garten dazu wäre schön. Lange saß Birgit so da. Ihre Tagträume waren die einzige Möglichkeit für sie, der Realität zu entfliehen. In letzter Zeit kam das immer öfter vor.

„Hör mal zu, Großmama." Ryan setzte sich an den Tisch. Er war nur auf einen Sprung vorbeigekommen, um etwas mit ihr zu besprechen. „Wir machen Folgendes: Ich kann erst am Wochenende wieder herkommen.

Dann bleibe ich über Nacht hier. Wäre doch gelacht, wenn wir das Rätsel nicht lösen würden. Bis dahin lasse ich dir meine kleine Kamera hier." Danuta sah ihren Enkel erstaunt an. „Ach, Junge, mit so was kann ich doch gar nicht umgehen." Ryan lächelte. „Das zeig ich dir. Ist nicht schwer. Wenn du etwas siehst, machst du schnell ein Foto davon."

„Und dann?" „Dann haben wir auf jeden Fall den Beweis, dass du dir nichts einbildest." „Wenn du meinst." Danuta hatte ihre Zweifel. „Hoffentlich mache ich nichts kaputt an dem Apparat." „Nein, Oma, bestimmt nicht. Guck mal hier." Suchend sah Ryan sich um. „Ach, wie dumm. Ich habe sie im Auto gelassen. Bin gleich wieder da."

Schnell verschwand er durch die Tür und lief zum Auto. Nach zwei Minuten war er zurück. In der Hand hielt er eine kleine Digitalkamera. „Ich stell dir alles ein. Du drückst nur auf diesen Knopf hier", er zeigte auf einen kleinen Schalter am oberen Rand des Geräts. „Und schon macht die Kamera das Bild." Skeptisch sah die ältere Dame auf die Kamera. „Ist gut, mein Junge."

Ryan drückte ihr einen Kuss auf die faltige Wange. „Jetzt muss ich weg. Aber am Samstag komme ich wieder und bleibe da. Versprochen." Während er zum Auto ging, drehte er sich noch einmal um und winkte Danuta zu.

Sie winkte zurück. Dann schloss sie die Haustür und ging wieder in die Küche. Bedächtig spülte sie die beiden Tassen, trocknete sie vorsichtig ab und stellte sie in den Küchenschrank. Dann nahm sie die Zeitung und ihre Lesebrille und setzte sich ins Wohnzimmer. Wie immer fing sie von hinten an zu lesen. Darüber hatte sich früher schon ihr

Mann amüsiert. „Warum fängst du nicht vorne an zu lesen?" „Ach, nein, ich möchte erst das Interessante lesen", hatte sie darauf immer geantwortet. Das Interessante, das waren die Hochzeiten und die Todesanzeigen. Auch die Sonderangebote waren meist hinten abgedruckt. Vorne standen die politischen Themen. Davon verstand sie nicht viel, und es interessierte sie auch nicht.

Vorsorglich legte sie die kleine Kamera schon mal auf den Nachttisch. Hoffentlich hatte sie alles richtig verstanden, was Ryan ihr erklärt hatte. Aber noch brauchte sie den Apparat nicht. Es war erst heller Nachmittag. Also ging sie hinaus in den Garten. Für das Abendessen wollte sie später ein paar frische Kräuter mit hereinnehmen. Jetzt genoss sie die Wärme, freute sich an den Blumen. Überall blühte es, sprossen neue Triebe hervor. Ein schöner Frühsommertag.

Sie ließ sich auf der kleinen Holzbank nieder. Die Sonnenstrahlen ließen das Holz schimmern. Ursprünglich war die Bank braun gewesen, ein sattes Dunkelbraun. Ihr hatte es gefallen. Doch der Großvater hatte sie weiß gestrichen. Er mochte helle Farben. Im Lauf der Zeit war das Weiß nicht mehr hell, sondern eher schmutzig. Hier und da blätterte die Farbe ab. Das Dunkelbraun kam wieder zum Vorschein. Danuta ließ es so. „Als ob sich das Ursprüngliche wieder Bahn brechen will", dachte sie. „Soll es ruhig, es hat ja ältere Rechte." In der Nähe zankten sich drei Amseln um einen Regenwurm. Zu guter Letzt hatte eine von ihnen gesiegt und flog mit dem Wurm im Schnabel davon. Die beiden anderen folgten schimpfend. Danuta schmunzelte.

Langsam wanderte die Sonne am Himmel entlang. Eine gute Stunde würde es noch dauern, bis sie unterging. Danuta erhob sich von ihrem Gartenbänkchen und ging zum Kräuterbeet. Beet war eigentlich übertrieben. Es war mehr eine kleine Ecke, in der sie Kräuter gesät hatte. Die wuchsen jetzt so üppig, dass Danuta gar nicht wusste, wohin damit. Sie konnte unmöglich alles selbst essen. Die Nachbarin nahm ihr gerne etwas ab. Doch so viel wie dieses Jahr hier wuchs, konnten sie beide zusammen nicht verbrauchen. Für heute Abend reichte etwas Schnittlauch. Vielleicht noch ein kleines Büschel Petersilie, ein paar Blätter Zitronenmelisse. Das würde dem Essen einen aromatischen Geschmack geben. In der Küche begann Danuta, den Salat zu waschen. Ihre Gedanken wanderten dabei zu der Kamera auf ihrem Nachttisch. Was würde heute Nacht passieren? Ob es ihr gelang, ein Bild von den Schritten zu machen? Oder besser gesagt, von dem, was die Schritte verursachte?

Zur Vorsicht wollte sie vor dem Schlafengehen wieder den Besen neben das Bett stellen. Als die Schlafenszeit gekommen war, nahm sie ihn aus dem Schrank und ging nach oben.

Wieder war einer dieser langweiligen Arbeitstage endlich vorbei. Wie üblich ging Birgit leicht deprimiert nach Hause. Minutenlang stand sie vor der Haustür, den Schlüssel in der Hand. Dann drehte sich sie sich auf dem Absatz um. „Drinnen sitzen kann ich noch früh genug", dachte sie, während sie ihre Schritte zum nahegelegenen Wäldchen führten. Sie wollte abschalten, mit ihren Gedanken zu Ruhe kommen. Das konnte sie im Freien besser als in der muffigen Wohnung. Tief atmete sie die frische Luft ein. Im Wald roch es so gut, nach den Bäumen, der feuchten Erde. Langsam setzte sie einen Fuß vor den anderen, genoss die Ruhe. Außer dem Gezwitscher ihrer gefiederten Freunde war nichts zu hören. Hin und wieder blieb sie stehen, strich leicht über die Rinde eines Baumes. Die Borke war rau und kühl. Doch unter ihren Händen wurde sie schnell wärmer. Als die junge Frau müde wurde, setzte sie sich unter einen Baum, lehnte den Kopf an den Stamm und schloss die Augen. Der Wind kühlte ihre Wangen. Wind, wehen, Leichtigkeit, Vorhänge – nur eine kurze Gedankenkette, schon war sie in ihrem über alles geliebten Haus. Mittlerweile passierte das nicht nur in der Nacht. Auch in ihren Tagträumen fand sich Birgit immer öfter dort. So lange wie möglich versuchte sie diesen Zustand festzuhalten.

Sie wusste, dass es eine Flucht war. Eine Flucht aus der Gegenwart. Ihr Leben war eintönig und trostlos. Eine Familie hatte sie nicht, niemanden, mit dem sie sich hätte austauschen können. Deshalb hielt sie alles in einem Buch fest. Sie musste es sich von der Seele schreiben. Zu dem Zweck hatte sie sich eine dicke Kladde gekauft. Der Pappeinband war nicht besonders schön, doch es war ein altes Haus darauf abgebildet, mit knorrigen Bäumen im Hintergrund. Die Kladde hatte Birgit auf den Nachtisch neben ihrem Bett gelegt. Jedes Mal, wenn sie aus einem ihrer Träume erwachte, griff sie nach dem Buch und schrieb. Danach fühlte sie sich besser. Trotzdem wurden die Träume nicht weniger – im Gegenteil. Als sie wieder einmal einen Traum aufgeschrieben hatte, blätterte sie die vorigen Seiten durch. Verblüfft starrte sie auf das Papier. Das sollte sie geschrieben haben? Das?

Weit entfernt, in einer anderen Zeit, pflückte eine Frau in mittleren Jahren Johanniskraut. Die kleinen Büschel legte sie sorgfältig in den Korb, den sie am Arm trug. Ein blauer Mantel lag um ihre Schultern, vorne mit einer kleinen Schließe. Darunter trug sie ein grobgewebtes Kleid, das ihre schlanke Gestalt umschmeichelte. Lange rotbraune Haare fielen über ihre Schultern bis zum Rücken. Dana war eine Heilkundige. Sie kannte die Macht und die Heilkraft der Pflanzen. Das Pflücken war eine heilige Handlung. Bevor sie den Stängel durchschnitt, bat sie den Geist, der in der Pflanze wohnte, um die Erlaubnis und seinen Segen. Die Leute im Dorf hielten sie für etwas sonderbar, hatten aber gleichzeitig großes Vertrauen. Denn Dana half ihnen, wenn sie krank waren. Mit jedem

Leiden kamen sie zu ihr und fast immer wusste die Heilkundige Rat. „Mag sie ruhig eigenartig sein", sagten sie sich. „Jedenfalls weiß sie um die Kraft der Pflanzen und hilft uns, so gut sie es vermag."

Dana hätte sich bestimmt gewundert, hätte sie diese Gedanken gekannt. Für sie war der respektvolle Umgang mit den Pflanzen selbstverständlich. Sie war freundlich zu jedermann und half, so gut sie konnte. Nicht um Lohn, nein, es war ein starkes innerliches Bedürfnis zu helfen und zu heilen. Die Dorfbewohner dankten es ihr mit dem, was ihre Felder und Gärten hergaben.

Dana besaß einen magischen Spiegel. Damit nahm sie Kontakt zu den Heilkräutern und –pflanzen auf und holte sich Rat. Auch die Feen sprachen zu ihr durch diesen Spiegel. Sie hatten ihr geraten, des Abends zu

Hause am Feuer Wermut und Johanniskraut für Räucherungen zu verwenden. Diese Kräuter dienten dazu, Dämonen fernzuhalten. Der Wermut schaffte Visionen, zeigte Dana die Möglichkeiten, mit denen sie Leiden lindern konnte. Nur gegen ihr eigenes Leiden war sie machtlos.

Dana hatte selbst eine kleine Tochter gehabt. Ihr hatte die ganze Liebe der Mutter gehört. Ein fröhliches Kind, wissbegierig. Das Mädchen plapperte unentwegt, stellte tausend Fragen. Stets hatte sich Dana bemüht, so gut sie es vermochte zu antworten. Meist ging es um die Natur. Die Kleine liebte es, mit der Mutter gemeinsam nach Kräutern zu suchen. Bäume und Blüten, Wolken und Sterne - die Wiesen und Wälder waren voll von Wundern. Alles hatte das Kind wissen wollen. Eine ganz besondere Beziehung hatte es zu den Runensteinen der Mutter.

Ohne es je gelernt zu haben, wendete Bridget die Steine rein intuitiv an und wusste sie zu deuten. Dana beobachtete sie mit großer Freude. „In den Runen liegt eine starke Kraft." Ihre Tochter sah sie mit großen Augen an. „Ich kann es spüren. Die Runen sprechen zu mir. Sie schicken mir Energie." Dana erkannte schnell: Hier brauchte die Kleine keine Unterstützung. Die Begabung war offensichtlich. In allen anderen Dingen wurde Dana nicht müde zu unterweisen und zu erklären. Nur eines verriet sie nie: Das Geheimnis des magischen Spiegels. Das war eine der Bedingungen, die die Feen von ihr verlangt hatten. Und die Mutter hatte geschworen, das Geheimnis zu hüten.

Obendrein durfte sie den Spiegel nur zum Wohle anderer verwenden. Nie sollte sie seinen Rat zu ihrem eigenen Vorteil einholen. Dana hatte auch das mit ihrem Eid bekräftigt.

Sie hatte alles, was sie und ihre kleine Bridget zum Leben brauchten. Die Leute gaben nach ihrer Heilung, so gut sie konnten. Am Ende der Schafschur fiel immer Wolle oder mal ein Fell für Dana und das Kind ab. Die Natur lieferte Früchte, Beeren, Wurzeln. Die Quellen stillten mit ihrem klaren Wasser den Durst. Was brauchten sie mehr?

Wieder streiften sie durch die Natur, auf der Suche nach Heilkräutern. Es war ein sonniger Tag. Dana trug einen großen Weidenkorb am Arm, in den sie alles sorgsam hineinlegte. Schnell füllte sich der Korb mit Eberesche, Klee, Mohn und Veilchen. Die Kleine hüpfte vergnügt vor ihr her, sprach mit den Bienen und den Schmetterlingen. Immer wieder steckte sie ihr Näschen in eine der Blüten am Wegrand, atmete den Duft ein und drehte sich fragend zur Mutter, um den Namen zu erfahren Sie waren so vertieft in ihr

Spiel, dass sie nicht merkten, wie sich der Himmel zusammenzog. Innerhalb von Minuten bauschten sich dunkle Wolkentürme auf. Ein starker Wind kam dazu. Dana, die gerade noch ganz aufmerksam am Wiesenrand gesucht hatte, schaute erschrocken hoch. Sie nahm Bridget an die Hand. „Komm, wir müssen zu einem Unterschlupf", rief sie laut, um den Wind zu übertönen. Schon fielen die ersten Tropfen, klatschten auf die beiden herab. In Sekundenschnelle waren sie völlig durchweicht. Dana wusste, dass in der Nähe eine alte Hütte stand. Dahin liefen sie, so schnell sie konnten. Der Wind pfiff ihnen entgegen und erschwerte das Vorankommen. Der Boden war nass und schlammig geworden, so dass sie mehr rutschen als laufen konnten. Immer wieder glitt Bridget aus. Dana hob sie schließlich auf den Arm. Mühsam kämpfte sie sich durch das Unwetter.

Völlig atemlos kamen sie endlich bei der Hütte an. Erschöpft stellte Dana das Kind ab. Es zitterte vor Kälte. Dana suchte die Hütte ab, fand endlich ein Stück Fell. Es war nicht besonders groß, aber das Mädchen konnte sich darin einwickeln. Auch Holz lag da, ebenso ein Feuerstein. Flink machte sich Dana daran, die Scheite zu entzünden. Bald zeigten sich auf der Feuerstelle die ersten Flämmchen, die schnell größer wurden. Dana legte die nassen Sachen des Kindes so nah wie möglich an das Feuer. Sie selbst hatte nichts gefunden, in das sie sich hätte einwickeln können. Sie hängte ihr Kleid auf und hoffte, dass das dünne Hemd, was sie darunter trug, schnell trocknen würde. Die Holzscheite knisterten und die Flammen verbreiteten eine wohlige Wärme.

Noch immer starrte Birgit ungläubig auf die Zeilen. Das war doch gar nicht möglich. Wieder und wieder las sie, ohne wirklich zu verstehen. Kein Wort von einem Traum. Da war von Personen die Rede, die sie nicht kannte. Geschehnisse wurden erwähnt, die ihr fremd waren. Was bedeuteten die merkwürdigen Zeichen? Und vor allem: Das war nicht ihre Schrift. Ein kalter Schauer lief ihr über den Rücken. Was war hier los? Sie konnte das Buch nicht weglegen. Ihre Augen saugten sich förmlich an einem der Zeichen fest. Sah es nicht aus wie eine seitenverkehrte 1? Birgit schien es, als müsse sie es kennen. Woher? Sie zerbrach sich den Kopf. Wo hatte sie das schon mal gesehen? Alles verschwamm vor ihren Augen. Die Luft vibrierte. Es wurde dunkel um sie herum. In dieser Schwärze tauchten weitere Zeichen auf. Zuerst noch klein wuchsen sie schnell und kamen immer näher. Alle waren gleißend hell.

Sie strahlten wie das Licht des Mondes. Viele Zeichen, am häufigsten aber die seitenverkehrte 1.

Mit einem Ruck fuhr sie hoch. Die Schwärze war verschwunden. Birgit schüttelte heftig den Kopf. Energisch klappte sie das Buch zu, ohne noch einmal hineinzusehen. „Ich bin total übermüdet", suchte sie eine Begründung. „Jetzt habe ich schon Halluzinationen." Sie legte das Buch auf den Nachttisch, zog die Decke bis an die Ohren und versuchte zu schlafen.

Als sie am Morgen erwachte, lachte die Sonne ins Zimmer. Schnell stand die junge Frau auf und zog sich an. Das Buch würdigte sie mit keinem Blick. Nach einem kurzen Frühstück beschloss sie, einen Spaziergang zu machen. Das Wetter lockte nach draußen. Und so dauerte es nicht lange, bis sie auf dem Weg in die Stadt war. Zuerst einen schnellen Besuch in der Bücherei und dann mit einem schönen Buch in den Stadtwald. Sie wollte sich gemütlich im Sonnenschein auf eine Bank setzen und schmökern. Das war der Plan.

Sie ging langsam die Buchreihen durch, las die Titel, manchmal auch die Klappentexte. Doch etwas wirklich Interessantes war nicht dabei. „Suchen Sie etwas Bestimmtes?", fragte die freundliche Dame an der Ausleihe. Zu ihrem eigenen Erstaunen hörte sich Birgit sagen: „Nein, eigentlich nicht. Vielleicht etwas im esoterischen Bereich." „Da haben Sie Glück. Wir haben gerade gestern eine Reihe neuer Bücher bekommen. Ich habe sie vorhin eingeräumt."

Birgit nickte lächelnd. „Dann sehe ich da mal nach." Wieso hatte sie das gesagt? Sie suchte doch gar nichts Esoterisches. Alles, was sie haben wollte, war etwas zur Unterhaltung. Sie wollte die freundliche Dame aber nicht enttäuschen und sah sich deshalb in der Abteilung um. Außer ihr war niemand da. Plötzlich spürte sie das gleiche Vibrieren wie in der vergangenen Nacht. Um sie herum wurde es dunkel und wieder tauchten die hellen Zeichen auf. „Ist Ihnen nicht gut?" Die nette Dame stand neben ihr und sah Birgit besorgt an. „Sie haben geschwankt und sich am Regal festgehalten." „Es geht schon wieder", murmelte Birgit. Die Wahrheit konnte sie nicht gut sagen. „Ich glaube, ich gehe lieber an die frische Luft." „Das wird Ihnen sicher guttun. Wie ich sehe, haben Sie ja etwas Passendes gefunden. Dann können Sie sich beim Lesen entspannen."

Birgit bemerkte das Buch in ihrer Hand. Hatte sie sich das wirklich ausgesucht? Runenkunde – was sollte sie denn damit? Sie wollte es zurück ins Regal legen. Doch etwas hielt sie davon ab. Die Luft schien elektrisch geladen. Und dann war das Vibrieren wieder da. Es ging von dem Buch aus. Birgit schlug es auf. Da stockte ihr der Atem. Auf der ersten Seite prangte eine seitenverkehrte glänzende 1. Schnell begab sich Birgit zur Ausleihe und war wenige Minuten später, auf einer Parkbank sitzend, in die ungewöhnliche Lektüre vertieft.

Müde saß Danuta am Küchentisch. Gedankenverloren rührte sie in ihrem Kaffee. Dann ein herzhaftes Gähnen - die Folge ihrer Schlaflosigkeit. Wieder hatte sie in der Nacht die Schritte gehört. Doch Ryan hatte gesagt, sie sollte auf keinen Fall nach unten gehen, sich nicht in Gefahr bringen. Also war sie mit der Kamera in der Hand an der Schlafzimmertür stehen geblieben, hatte darauf gewartet, ein Foto machen zu können. Als die Angst übermächtig zu werden drohte und sie sich hatte einschließen wollen, hatten die Schritte plötzlich aufgehört. Die alte Frau war sicher, dass niemand die Treppe heraufgekommen war. Ein paar Stufen knackten leicht, wenn man darauf trat. Bei so einem alten Haus nicht verwunderlich. Jetzt war sie froh darüber. Es war kein Knacken zu hören gewesen. Was um alles in der Welt steckte nur dahinter? Heute Abend würde Ryan kommen. Vielleicht konnten sie in der kommenden Nacht das Rätsel lösen.

Wie unzählige Male zuvor ging sie in jeden Raum, schaute aufmerksam umher, suchte, ob sie nicht irgendeinen Hinweis finden konnte. Vor ein paar Wochen, nach Ryans Urlaub, hatte es angefangen. Was war denn anders seitdem? Alles sah genauso aus wie immer. Dann schüttelte sie den Kopf. Was sollte der Urlaub ihres Enkels mit den mysteriösen Vorgängen im Haus zu tun haben? „Unsinn", schimpfte sie mit sich selbst, „ich sehe schon Gespenster." Dann stutzte sie. Es stimmte doch, sie sah bzw. hörte Gespenster. Zumindest etwas, was ihr wie ein Spuk vorkam. Unwillig schüttelte sie den Kopf. Was bastelte sie sich da zurecht? In dem Wunsch nach Klärung schoss ihre Phantasie übers Ziel hinaus.

Wie versprochen kam ihr Enkel am Abend. Er hatte eine kleine Tasche mit ein paar Sachen dabei, denn er wollte ja über Nacht bleiben. „Ach Junge, schön, dass du da bist." Ryan streichelte ihr über die Wangen. Er sah sie besorgt an. „Du siehst so müde aus. Geht es dir nicht gut?" Danuta schüttelte den Kopf. „Es ist nur der fehlende Schlaf. Mach dir keine Sorgen. Vielleicht kommen wir gemeinsam dem Geheimnis auf die Spur." Das hoffte Ryan auch. Als es dunkel wurde, ging er systematisch durch alle Räume, prüfte, ob die Fenster fest verschlossen waren und drehte zur Vorsicht den Schlüssel in der Haustür zwei Mal um. Gemeinsam saßen sie in der Küche beim Abendessen. Danuta freute sich, dass ihr Enkel bei ihr war. Trotzdem war sie mit ihren Gedanken abwesend. Ryan erging es nicht anders. Er hatte eine zweite Kamera mitgebracht. So konnten sie beide Aufnahmen von dem nächtlichen Geschehen machen. Ryan hatte das Zimmer gegenüber Danuta bezogen. Vorsichtshalber ließ er die Tür einen Spalt auf. Die Taschenlampe lag griffbereit gleich neben der Kamera. Auf einen Besen hatte er verzichtet, obgleich ihn Danuta inständig gebeten hatte. „Junge, das ist sicherer."

Jetzt lag er im Bett und lauschte aufmerksam in die Dunkelheit. Würde auch er die Schritte hören? Mehr oder weniger geduldig wartete er ab. Doch nichts passierte. Als die Unruhe immer stärker wurde, stand er schließlich auf. Angespannt spähte er durch den Spalt an der Tür. Es war alles still. Doch da - ein Schatten tauchte auf. Eine junge Frau mit langen Haaren, sie mochte Anfang zwanzig sein, kam geradewegs aus der Küche. Leichtfüßig, fast schwebend ging sie über den Flur und verschwand im Wohnzimmer. Ryan hielt vor Verblüffung den Atem an. Sein Herz klopfte wie wild. Wie kam das Mädchen hier herein? Was wollte es hier? Er stand nur da und beobachtete. Die Kamera hatte er vollkommen vergessen. Das Mädchen spazierte durch alle Zimmer und schaute sich um. Manchmal strichen seine Hände behutsam über ein Möbelstück, als wollten die Fingerspitzen die Schönheit des Holzes ertasten. Das Mädchen schien dieses Haus zu lieben. Es schaute fürsorglich auf die Pflanzen und ging dann über die Terrasse hinaus in den Garten. Dort verschwand die schlanke Gestalt. Einen Moment lang stand Ryan unbeweglich da. Die Tür öffnete sich und Danuta kam heraus. „Hast du etwas gesehen?" Ryan gab keine Antwort. Er ging vorsichtig die Treppe hinunter und warf einen Blick durch das Fenster. Der Garten lag in tiefer Dunkelheit. Es war nichts zu sehen. Entgeistert warf er seiner Großmutter einen Blick zu: "Oma, das glaubst du nicht."

Sie hatten, nachdem sie vom Unwetter überrascht worden waren, noch einige Zeit in der

Hütte verbracht. Als die Kleider am Feuer getrocknet waren, hatte auch der Regen aufgehört. Bridget hatte sich aus dem Fell gewickelt und war schnell in ihr Kleidchen geschlüpft. Danas Gewand war noch etwas klamm. Doch bis nach Hause würde es schon gehen. Über die Wiesen konnten sie nicht, die waren zu nass. Also gingen sie Hand in Hand über steinigen Weg in Richtung ihres Heims. Das dauerte zwar länger, aber in den Steinen war das Wasser versickert. Und so schritten sie trockenen Fußes voran.

Daheim angekommen zog sich die Mutter schnell um und hüllte das Kind sicherheitshalber in wärmende Kleidung. Dann bereitete sie ihm ein heißes Gebräu aus verschiedenen Kräutern zu. Kaum war der Becher leer, schlief die Kleine vor Erschöpfung ein. Die Heilerin machte sich trotz ihrer Müdigkeit an die Arbeit. Die Wurzeln und Beeren vom Vortrag mussten verarbeitet werden. Sie band einen Teil zu kleinen Büscheln zusammen und hängte sie über Kopf zum Trocknen auf. Bei anderen genügte es, sie kleinzuschneiden. Die Wurzeln wurden in einem Mörser zerstampft. Unermüdlich werkelte die Frau vor sich hin. Sie merkte kaum, wie die Zeit verging. Mittlerweile war schon der Mond aufgegangen. Dann hielt die Mutter erschöpft inne. Für heute sollte es genug sein. Sie schaute nach ihrem Kind. Es schlief fest. Da legte auch sie sich zur Ruhe.

In den nächsten Tagen beobachtete Dana ihre Kleine voll Sorge. Das Kind spielte fröhlich im Freien, war munter und lachte. Doch immer wieder hörte Dana einen trockenen Husten. „Fühlst du dich gut, mein Kleines?", fragte sie beunruhigt. „Ja, liebe Mutter", strahlte Bridget sie an. So klein sie auch war, spürte sie doch deutlich, dass die Mutter in Sorge war. Aber sie konnte ihren Husten nicht unterdrücken, so sehr sie sich Mühe gab. Das einzige, was sie tun konnte, war zu sagen, es ginge ihr gut. Doch wenn die Mutter nicht hinsah, strich sich die Kleine über die schmerzende Stirn. Der Kopf tat immerzu weh. Und heute Morgen hatte sie nach einem Hustenanfall rote Sprenkel in ihrem Tuch gehabt. Heimlich vergrub sie das Tuch. Der Mutter sagte sie nichts. Von Tag zu Tag fühlte sie sich schlechter. Nach jedem Hustenanfall brannte es in ihrer Brust wie Feuer. Die Sprenkel kamen immer öfter. Manchmal waren es Flecken. Als Dana das zum ersten Mal sah, wurde sie totenbleich. Sie sank auf die Knie und presste ihr Kind an sich. Hier war ihre Heilkunst zu Ende, das wusste sie. Es gab nur einen einzigen Weg, nur eine einzige Chance, wie sie das Leben ihres Kindes retten konnte. Sie dachte an ihren Schwur, niemals den Zauberspiegel zum eigenen Vorteil einzusetzen. Doch hier ging es um das Leben ihrer Tochter. „Mögen mich die Feen bestrafen, dass ich den Schwur breche", dachte sie. „Mein Kind soll leben."

Sie wartete bis zum Abend. Als der Mond hoch am Himmel stand, trat sie an das Bett ihrer Tochter. Die Kleine lag da, ganz blass. Nach einem erneuten Hustenanfall war sie vor lauter Erschöpfung eingeschlafen. Danas Entschluss stand fest. Leise schlich sie zu einer kleinen Truhe, in der sie zwischen Tiegeln und Schalen den Zauberspiegel, in ein Tuch eingeschlagen, aufbewahrte. Vorsichtig nahm sie ihn heraus und ging ins Freie.

Sie trat mit dem Spiegel direkt unter das Mondlicht. Die hellen Strahlen fielen ungehindert auf das Glas und umgaben den Spiegel mit einem silberweißen Schimmer. „Als ob die Nebel in der Frühe aus einem See aufsteigen", kam es Dana in den Sinn. Wenn sie an ihren Eid dachte, kroch die Angst in ihr hoch. Dem Zorn der Feen würde sie nicht entgehen können. Doch dann stieg das Bild ihres Kindes vor ihr auf und fegte alle Bedenken beiseite. Langsam drehte sie den Spiegel und sah hinein. Das Glas war milchig angelaufen. Die Heilerin schaute voller Verzweiflung zum Mond. „Ich weiß, es ist nicht recht, was ich tue. Aber mein Kind soll leben. Dafür nehme ich jede Strafe auf mich."

Der Mond antwortete nicht. Wieder schaute sie in den Spiegel, wieder sah sie nur milchiges Glas. So wartete sie Stunde um Stunde, bat den Mond, er möge den Spiegel erhellen. Doch der hörte nicht. Schon nahte der frühe Tag, das Mondlicht verblasste allmählich.

Und noch immer stand Dana, den Spiegel in der Hand, tränenüberströmt. „Soll mein Kind wirklich sterben? Ach, wäre ich doch an seiner Stelle." Bei diesen Worten verlor das Glas die milchige Farbe. Es wurde klar und glänzend, wie ein Glas nicht glänzender sein kann.

„Sieh mich an!" Dana umfasste den Spiegel mit beiden Händen. Mit angehaltenem Atem sah sie hinein. Eine Hand, so kalt wie Eis, schien sich um ihr Herz zu legen.

Das Gesicht der Feenkönigin starrte ihr entgegen. Die Kälte in den Augen war so kalt wie die Hand, die Danas Herz umklammert hielt. „So also hältst du deinen Schwur!" Dana brachte kein Wort über die Lippen. Die Tränen liefen unaufhörlich über ihr Gesicht. Doch unter dem eisigen Blick der Fee gefroren sie zu Perlen und fielen mit einem leisen

Klicken zu Boden. Unentwegt hielt Leandra sie mit ihren Gletscheraugen gefangen. Nach einer endlos scheinenden Zeit sprach sie wieder: „Du hast den Schwur gebrochen, der dir auferlegt war. Zu deinem eigenen Vorteil wolltest du die Kraft des Spiegels nutzen. Für diesen Frevel wirst du deine Strafe bekommen. Doch zuvor sage mir, warum du das tatest." Dana holte tief Luft und nahm allen Mut zusammen. Und während die Perlentränen weiter auf den Boden klickerten, sprach sie von ihrem kranken Kind, wie es leiden musste, wie sehr es sich Mühe gab, die Schmerzen vor der Mutter zu verbergen, um ihr keinen Kummer zu machen. "Mir zuliebe kämpft dieses kleine Lebewesen gegen seine Krankheit an und muss doch so leiden. Kein Kind hat das verdient. Und was kann ich ihm zuliebe tun? Ich kann versuchen, seine Schmerzen zu lindern. Doch ich vermag es nicht zu heilen. Hilfe brauche ich, für mein

Kind. Nur deshalb wollte ich in den Spiegel schauen, seinen Rat erbitten. Ich weiß, ich habe den Schwur gebrochen. Tut mit mir, was Ihr für richtig haltet. Doch helft meinem Kind, ich bitte Euch."

Die Feenkönigin sagte kein Wort. Sie schaute Dana nur an, schaute durch sie hindurch, als sei da etwas jenseits von Zeit und Raum. Dann nickte sie. „So mag es geschehen, Heilerin Dana. Dein Kind wird leben. Doch du wirst es, solange du lebst, nicht wiedersehen. Das ist deine Strafe, weil du den Eid gebrochen hast." Und so, wie das Mondlicht verblasst war, verblasste die Fee, löste sich auf in Nichts. Und mit ihr verschwanden der Spiegel und die Perlentränen.

Reglos stand sie da. Die Worte der Feenkönigin hallten in ihren Ohren. „Dein Kind wird leben!" Eine Zentnerlast fiel Dana von der

Seele. Doch die Erleichterung war nur von kurzer Dauer.

Was hatte Leandra noch gesagt? Sie würde ihr Kind nicht mehr wiedersehen. Wie von Furien gehetzt rannte Dana zur Hütte zurück, stürzte durch die Tür ans Bett ihres Kindes – und erstarrte. Das Bett war leer. Nirgends eine Spur von Bridget. Auf dem Boden lag ein Taschentuch mit blutroten Flecken.

Wutentbrannt lief Garaniel auf und ab. Er konnte kaum glauben, was er von der Feenkönigin gehört hatte. „Wie konntest du so etwas tun?" Störrisch blickte Leandra zu Boden. Sie antwortete nicht. Er wiederholte seine Frage. Leandra entgegnete: „Ich hatte das Recht, so zu handeln. Die Heilerin hat ihren Eid gebrochen." „Sie hat es nur aus

Angst um ihr Kind getan. Das weißt du genau", donnerte Garaniel. „Sie ist selbst schuld, nicht ich. Sie wusste, was sie tat. Sie hat den Schwur gebrochen." „Was hättest du getan, wenn es dein Kind gewesen wäre? Was?"

Halsstarrig wiederholte die Feenkönigin, die Menschenfrau habe ihre Strafe verdient. Sie habe den Schwur gebrochen. „Wo hast du das Kind versteckt?" Der Fürst der Elfen und Feen schaute Leandra unverwandt an. Wieder senkte sie trotzig den Blick. „Es gehört mir." „Nenne das Versteck." „Nein. Das Kind gehört mir."

Garaniel vermochte nichts aus ihr herauszubringen. Er sann hin und her. Was war da zu tun? Seit Urzeiten lebten die Elfen und die Menschen friedlich nebeneinander. Die Feen erfreuten die Menschen mit kleinen

Gaben. Mal war es eine aparte Feder, der Duft einer Blume oder ein Regenbogen. Zum Dank stellten die Menschen den Feen und Elfen ein Schüsselchen Milch hin. Milch war eine Köstlichkeit für sie. Wenn Backtag war, gab es dazu immer frische Brotbröckchen.

In Anerkennung ihrer Hilfe als Heilerin hatte Dana eines Tages einen Spiegel bekommen. Die Feenkönigin selbst hatte ihn gebracht. Fürst Garaniel war einverstanden gewesen. Damals hatte er nicht geahnt, dass Leandra nicht aus Freundlichkeit und Hilfsbereitschaft so gehandelt hatte. Die Fee kannte die Menschen, wusste um ihre Schwächen und nutzte sie für ihre Zwecke, so oft es ging. Sie war von einem unglaublichen Machthunger. Heimlich wartete sie darauf, dass Garaniel, der ihrer Meinung nach stets zu viel Verständnis für die Menschen zeigte, einen Fehler machen würde. Damit wäre er als Herrscher über das Elfen- und Feenreich untragbar.

Wenn sie geschickt vorging, könnte sie die Macht an sich reißen. Bis dahin musste sie so mächtig werden, dass sich die anderen, wenn nicht freiwillig, dann eben vor Angst unterwerfen würden. Ja, das war Leandras Plan. Sie musste Geduld haben, doch was zählten schon ein paar hundert Jahre im Feenreich. Eines Tages wäre der Sieg der ihre. Sie war ganz sicher.

Garaniel wusste, dass er keine Handhabe gegen Leandras Tun hatte. Durch den Bruch des Schwurs hatte die Menschenfrau schwer gefehlt. Und das gab Leandra das Recht zur Bestrafung. Doch der Fürst verstand auch, warum die Heilerin das getan hatte, und ebenso, dass es Leandra nur um das Bestrafen ging. Sie war von Natur aus bösartig.

Aber solange er nicht wusste, wo die Fee das Kind versteckt hielt, konnte er nichts tun, außer nach ihm suchen zu lassen. Leandra durfte davon nichts merken. Wer weiß, wozu sie dann fähig wäre. Sie war unberechenbar und obendrein hatte sie einen gefährlichen Verbündeten – Machur vom Volk der Dunkelelfen. Er verfügte zwar nicht über magische Kräfte, doch seine Bosheit suchte ihresgleichen. Er hatte der Feenkönigin schon so manchen Dienst erwiesen. Nicht, weil er ihr treu ergeben war – es gab niemanden, der Machur etwas bedeutete, mit Ausnahme seiner selbst – der Dunkelelf hoffe, dass etwas Magie als Belohnung für ihn abfiel. Leandra schürte diesen Gedanken, ohne ihn je zu bestätigen. Sie wusste, so lange Machur auf Magie hoffte, würde er ihr gehorchen.

Garaniel beschloss, seinen Sohn Reiluan einzuweihen, einen schönen und mutigen jungen Mann. Seine Augenbrauen hatten die Form einer Mondsichel, seine langen Haare die Farbe des vollen Mondes. Reiluan hielt sich gerne unter den Menschen auf. Er nahm ihre Gestalt an und lebte ein paar Tage mitten unter ihnen. Staunend sah er, wie sie arbeiteten und wunderte sich, warum sie es sich selbst so schwer machten. Doch wenn sie feierten, waren sie voller Lebenslust. Dieses Lachen und Singen, der Frohsinn, Tanzen zur Musik – in solchen Momenten wünschte sich Reiluan manchmal, selbst ein Mensch zu sein. Von all seinen Erlebnissen erzählte er seinem Vater, wenn er wieder zurückkehrte. Garaniel war es in jungen Jahren ebenso ergangen. Er konnte seinen Sohn gut verstehen und hörte mit Vergnügen zu, wenn dieser erzählte.

„Ach, Vater, die Menschen haben etwas, was uns fehlt. Wir haben alles, was wir brauchen, und noch viel mehr. Doch es scheint, als wären die Menschen trotz all ihrer schweren Arbeit, ihrer Krankheiten und Sorgen, glücklich. Nicht immer natürlich, aber immer, wenn sie feiern." „Du hast recht, mein Sohn, die Menschen kennen die Liebe und das Glück - etwas, was uns Wesen aus der Anderwelt nicht gegeben ist. Wir kennen eher die Ausgeglichenheit. Dafür sind wir unsterblich und verstehen uns auf die Magie. Doch wenn wir, wie du es gerne tust, die Menschen beobachten, haben wir zumindest eine Ahnung davon, was menschliche Liebe vermag."

Dann sprach er von all den Vorkommnissen, die sich in Reiluans Abwesenheit ereignet hatten. Als der junge Fürstensohn hörte, wie die Feenkönigin an Dana gehandelt hatte, war er empört. „Vater, das kannst du nicht durchgehen lassen. Du als Herrscher musst doch Einhalt gebieten." „Was soll ich tun, mein Junge? Die Frau hat den Schwur gebrochen. Nach unseren Gesetzen hat die Fee das Recht zur Bestrafung. Letztendlich war der Spiegel eine Gabe von ihr. Aber ich bin der gleichen Meinung wie du. Die Heilerin tat es für ihr Kind. Wieder ein Beispiel dafür, was Menschen aus Liebe auf sich nehmen. Deshalb ist diese Strafe zu hart. Doch bevor wir etwas unternehmen können, müssen wir herausfinden, wo das Kind ist. Ich kann es nicht sehen. Leandra muss es mit einem Zauber umsponnen haben." Lange sannen sie darüber nach, was am besten zu tun sei.

Wieder war Dana unterwegs, um Kräuter zu sammeln. Ihre Vorräte gingen zur Neige. Mit schweren Schritten ging sie über die Wiesen, den Waldweg entlang, hielt Ausschau nach benötigten Pflanzen. Was sie früher mit großer Freude getan hatte, war ihr zur Pflicht geworden. Mechanisch pflückte sie, was sie brauchte. Wie sehr hatte sie es immer genossen, die Natur zu spüren, zu riechen. Den Wind, der ihr übers Haar strich, den Sonnenschein, der die Haut wärmte. Und das fröhliche Geplapper ihres Kindes. So viele Fragen hatte die Kleine gestellt. Alles war ein Abenteuer gewesen. Wie immer, wenn sie an ihre Tochter dachte, traten Dana Tränen in die Augen. Seit damals hatte es keinen Tag, keine Stunde gegeben, in der sie die Abwesenheit ihres Kindes nicht schmerzlich spürte. Die Lebensfreude war verschwunden. Da half auch ihre Heilkunst nicht. Ganz im Gegenteil. Immer öfter schweiften Danas Gedanken bei der Zubereitung der Mittel ab. Am Tag zuvor hätte sie beinahe die falschen Zutaten verarbeitet. Gerade noch rechtzeitig hatte sie es gemerkt. Doch so sehr sie sich bemühte, es war ihr kaum noch möglich, sich zu konzentrieren. „Ich sollte aufhören, bevor ich Schaden anrichte", dachte sie mutlos. Es war ihre Aufgabe zu heilen. Aber konnte sie ihr noch mit gutem Gewissen nachgehen? War das Risiko nicht vielleicht zu groß? Gleichwohl waren da die Leute, die auf ihre Hilfe hofften. Sie grübelte und grübelte. Wie sie es auch drehte, es blieb falsch.

Zu Hause stellte sie ihren halbvollen Korb auf den Tisch. Lange war sie nicht unterwegs gewesen. Trotzdem fühlte sie sich wie gerädert. Die Verarbeitung musste warten. Sie füllte einen Becher mit heißem Wasser, gab ein paar Kräuter dazu und setzte sich auf den wackeligen Holzschemel. Schluck für Schluck leerte sie den Becher. Dann legte sie die Arme auf den Tisch, den Kopf darauf und weinte bitterlich, wie so oft. Irgendwann fiel sie in einen unruhigen Schlaf. Sie sah sich selbst mit dem Kind an der Hand über die Wiesen gehen. Plötzlich blieb das Kind stehen, schaute zur Mutter hoch. Dana sah in das Gesicht der Feenkönigin. „Du wirst dein Kind nie wiedersehen." Ein Taschentuch mit Blutflecken schwebte durch die Luft.

Als sie erwachte, war die Sonne bereits untergegangen. Dana fühlte sich leer und ausgebrannt. Die Trauer hatte sie innerlich aufgefressen. Mühsam erhob sie sich, nahm ein Schultertuch vom Haken und wickelte sich hinein. Dann trat sie ins Freie. Wieder stand der Mond rund und voll am Himmel. Sie schaute hinauf. „Mond, du gehst jeden Abend auf. Stehst oben am Himmel. Siehst in alle Ecken. Weißt du, wo die Feenkönigin meine Tochter versteckt hält? Ach, wüsste ich doch wenigstens, dass es ihr gutgeht." Doch der Mond schwieg. Dana setzte sich unter einen Baum und bedeckte mit dem

Tuch ihren Kopf. Kaum spürte sie die Kühle der Nacht. Sie wollte nur noch sterben.

❧

Leandra war Gift und Galle. Was fiel Garaniel ein, sie derart zu maßregeln? Sie hatte ein Recht dazu, die Heilerin zu bestrafen. Schon immer hatte Leandra gewusst, dass Garaniel den Menschen sehr gewogen war. Viel zu sehr für ihren Geschmack. „Da nennt er sich Fürst der Elfen und Feen. Und dann stellt er sich gegen mich und hält zu der Menschenfrau." Machur stand nur da und schwieg. Der Dunkelelf wusste, dass es sinnlos war, etwas zu erwidern. Nicht, wenn Leandra so eine Laune hatte. „Hörst du mir eigentlich zu?" Wütend funkelte Leandra den Dunkelelf an. Was hatte sie gesagt? „Natürlich höre ich zu." Leandra wusste, dass er log. Aber sie tat, als ob sie ihm glaubte.

Garaniel sollte das Kind auf keinen Fall finden. Ihr Zauber würde nicht ewig halten. Machur musste ihr helfen. Sie war fest davon überzeugt, dass ihm bei seiner Verschlagenheit und Hinterlist ein gutes Versteck einfallen würde. Ein bösartiges Grinsen überzog Machurs Gesicht. Leandra wartete gespannt. „Die Heilerin muss verschwinden. Wenn sie fort ist, hat Garaniel keinen Grund mehr, nach dem Kind zu suchen." „Er wird doch sofort merken, dass wir dahinter stecken." Leandra zweifelte, ob die Idee wirklich gut war. „Nichts wird er merken", bekräftigte Machur. „Die Menschenfrau wird selbst entscheiden, dass sie nicht mehr leben will." Das Grinsen wurde noch diabolischer. „Was hast du vor?" „Lass mich nur machen. Je weniger du weißt, desto weniger kann Garaniel dich ausfragen. Im Gegenteil, er wird dich gar nicht verdächtigen, denn du wirst die ganze Zeit in seiner Nähe sein."

Die Fee war skeptisch. Es passte ihr gar nicht, dass der Dunkelelf sie nicht einweihen wollte. Doch bisher hatte er ihr immer gute Dienste geleistet. Also gab sie nach. „Na gut, ich frage dich nicht weiter. Tu, was du für richtig hältst." Das gefiel Machur. Wieder hatte die Fee bewiesen, dass sie auf ihn angewiesen war. Irgendwann würde seine Zeit kommen. Im Stillen malte er sich aus, wie er ihr Befehle gab, nicht umgekehrt. Wie sie tun musste, was er verlangte. Doch noch musste er sich gedulden. Sein Plan durfte nicht fehlschlagen. Sonst hatte er nicht nur die Fee, sondern auch den Fürsten zum Feind. Vorläufig jedenfalls ließ ihm Leandra freie Hand.

„Steh auf", hörte sie eine Stimme. Als sie aufsah, stand ein schöner junger Mann vor ihr. Seine langen Haare glänzten im Schein des

Mondes. „Seltsam", kam es Dana in den Sinn, „als seien sie aus Mondlicht gemacht." Da sprach er wieder. „Suche einen Ort, weder am Land noch im Wasser. Nicht im Himmel, nicht auf der Erde. Warte dort. Ein Tor wird sich auftun. Schreite langsam hindurch." „Wohin wird es mich führen?" „Es ist die Schwelle in eine andere Welt. Dort wirst du deine Tochter finden. Aber du wirst kein menschliches Wesen mehr sein." Dana erschrak. „Was bin ich dann?" „Du wirst es erfahren. Vertraue auf die Götter. Willst du deine Tochter sehen?"

„Ja, mehr als alles auf der Welt." „Auf der Welt? Das ist leicht. Diese Welt wird für dich nicht mehr existieren." „Erkennt mich meine Tochter wieder, wenn ich eine andere bin? Werde ich sie wiedererkennen?" „Du fragst zu viel. Willst du sie wiedersehen? Ja oder nein?" Dana lief ein kalter Schauer über den

Rücken. Die Stimme klang unerbittlich. Merkwürdig, sie passte so gar nicht zu seinem Äußeren. Sie bezwang ihre Angst. Ihr Kind wiedersehen – was wollte sie mehr? „Ja, ich vertraue. Sag mir nur, was ich tun soll." „Suche den Ort und tue so, wie ich sagte."

Dana schob alle Bedenken zur Seite. Sie würde ihre Tochter wiedersehen – ihre geliebte kleine Bridget. Dafür würde sie alles tun. Sie sah zum Mond auf. Er leuchtete hell. Er würde ihr den Weg weisen. Da war sie sicher. Als ihr Blick wieder auf den jungen Mann fiel, stutzte sie. Warum schaute er so triumphierend? Doch schon hatten sich seine Züge geglättet. „Geh", forderte er sie auf, „geh zu deiner Tochter. Sie wartet auf dich." Dana drehte sich um und eilte davon. Sie wählte den Weg, auf den gerade das

Mondlicht fiel. Schnell führten sie ihre Schritte voran.

„Lauf nur", murmelte Machur. Seine Lippen verzogen sich zu einem boshaften Grinsen. „Lauf in dein Verderben."

Genervt schritt Leandra auf und ab. Warum weinte das Mädchen andauernd? Es gab doch gar keinen Grund. Die Feenkönigin hatte das Kind zu sich geholt. Längst war es wieder gesund. Feen verstehen sich auf die Heilkunst. Und auch die Magie hatte geholfen. Jetzt lebte es in einer Baumhöhle.

Doch Bridget vermisste die Mutter so sehr. Sie verstand nicht recht, was eigentlich geschehen war. Die Mutter war fort, die andere Frau stattdessen ständig da. Auch wenn sie sehr schön war, fühlte sich die Kleine in ihrer Gegenwart stets bedrückt. Leandra begriff nicht, dass Bridget Wärme fehlte. Je mehr das Mädchen trauerte, desto gereizter wurde die Feenkönigin. Das Kind war ihr lästig. Doch zurückbringen kam gar nicht in Frage. Die Heilerin hatte Strafe verdient. Aber was sollte sie mit dem Kind anfangen? „Vielleicht hat Machur eine Idee", dachte sie. „Hauptsache, das Mädchen geht mir nicht mehr auf die Nerven." Sie war überzeugt, dass dem Dunkelelf etwas einfallen würde. Es war ja gerade sein Ideenreichtum, den sie schätzte. Auch wenn seine Einfälle fast immer etwas Niederträchtiges hatten. Doch das störte sie nicht weiter.

„Du willst das Kind nicht zurückbringen, aber auch nicht behalten. Dann musst du es einem anderen geben", gab Machur zu bedenken. „Fällt dir jemand ein, der es nicht sofort

zu Garaniel bringen würde?" „Nein, keiner",
musste Leandra missmutig zugeben. „Dann
bleibt nur eine Möglichkeit." Gleichmütig
schaute Machur auf die Feenkönigin. „Soll
ich es töten?" Soweit wollte die Fee nun doch
nicht gehen. Das Kind hatte ja nichts Unrech-
tes getan. Es fiel ihr einfach auf die Nerven.
„Fällt dir denn sonst nichts ein? Zur Abwechslung mal etwas wirklich Brauchba-
res?"

Der Dunkelelf zuckte verdrossen mit den
Schultern. Er hatte die Launen Leandras
langsam satt. Obendrein verstand er sie
nicht. Töten war doch das sicherste Mittel,
wenn jemand im Weg war. Da fiel ihm etwas
anderes ein. „Du musst sie mit irgendwas ab-
lenken, dass sie darüber die Heulerei ver-
gisst."

„Was sollte das sein?" Ratlos sah Leandra zu ihm hin und wieder weg. Sie betrachtete ihre Fußspitzen, als ob da die Lösung zu finden wäre. „Da wirst du dich wohl mal mit der kleinen Kröte unterhalten müssen", spottete der Elf.

„Schadenfrohes Miststück", fauchte die Fee, drehte sich um und ließ ihn stehen. Auf dem Weg zu Bridget überlegte sie krampfhaft, wie sie etwas von dem Kind erfahren konnte. Doch als sie zu der Baumhöhle kam, sah sie Bridget spielen. Das Kind warf kleine Steine in die Luft und ließ sie auf die Erde fallen. Es schien ihm Freude zu machen, und es hatte aufgehört zu weinen. Leandra bemühte sich, ein freundliches Gesicht zu machen. „Was spielst du denn da?" „Nichts." „Natürlich hast du gerade was gespielt. Ich habe es doch gesehen." „Ich spiel einfach so." Leandra sah sich die Steine genauer an. Sie zählte 24

Stück. Nicht einer glich dem anderen. „Hast du absichtlich 24 Steine gesammelt?" Bridget nickte heftig. „Warum?" „Mama hatte auch 24 Steine. Darauf waren Zeichen gemalt." 24 Steine mit Zeichen – das konnten nur Runen gewesen sein. Konnte das Kind etwa Runen deuten?

Leandra tat, als ob sie überlegte. „Sag mal, wenn ich dir Farbe bringe, kannst du dann die Zeichen auf die Steine malen?" „Natürlich." Bridget sah sie fast entrüstet an. „Ich kenne die alle." „Großartig", tat Leandra begeistert. „Warte ein paar Minuten. Ich bin gleich wieder bei dir."

Es war für Leandra eine Kleinigkeit, Farben herbeizuzaubern. Doch das musste das Kind ja nicht sehen. Die Fee jubelte innerlich. Runen lesen war eine Kunst, die sie nicht beherrschte. Und sie wusste, dass auch Machur nichts davon verstand. Das gab ihr die Möglichkeit, ihn besser zu kontrollieren, seine Gedanken zu erfahren. Sie hatte dem Dunkelelf noch nie getraut, ganz und gar nicht. Doch in letzter Zeit wurde ihr Misstrauen immer stärker. Er führte etwas im Schilde, da war sie sicher. Und bald würde sie wissen, was das war.

Runen waren einst gefragte Orakel, dienten aber auch als Schriftzeichen. Vom Futhark war die Rede. Es gab mehrere, das älteste bestand aus 24 Buchstaben. Birgit sah vor sich die glänzenden Zeichen in ihrem Traum. Er war so schnell vorbei gewesen, dass sie nicht hatte zählen können. Vermutlich hätte sie auch gar nicht daran gedacht. Viel mehr irritierte sie, dass sie von Runen geträumt hatte. Damit hatte sie sich zuvor noch nie befasst. Schnell las sie weiter. Das Buch beschrieb Möglichkeiten, wie man mit den Runen arbeiten, sie befragen konnte. Interessant fand Birgit „Die Befragung der Drei". Man zog drei Steine, wobei der erste Stein als gegenwärtige Situation, der zweite als Herausforderung oder persönliche Einstellung zur Situation und der dritte als mögliche Klärung und Entwicklung gelten sollte. Es gab hier eine weitere Möglichkeit der Interpretation, die Birgit noch viel faszinierender erschien. Die drei Zeichen repräsentierten Vergangenheit, Gegenwart und Zukunft.

Birgits Gedanken überschlugen sich geradezu. War es möglich, dass...? Könnte sie vielleicht...? Nie hatte man herausfinden können, woher sie kam. Ihre Vergangenheit lag im Dunkel. Sie las und las. Zeit schien nicht mehr zu existieren. Stunden hatte sie schon auf der Bank gesessen. Ein lautes Krächzen schreckte sie auf. Auf einem Ast nicht weit von ihr saß ein Rabe und sah sie ununterbrochen an. Es schien, als wolle er ihr etwas sagen. „Meinst du wirklich mich?" Birgit zögerte. Dann stand sie auf. Darauf schien der Vogel gewartet zu haben. Er hüpfte auf dem Ast ein Stück nach vorne, drehte sich dann um, als wollte er sie erneut auffordern. Birgit schlug das Buch zu und steckte es in ihre Tasche. Dann folgte sie der Spur des Raben.

Wie lange sie gegangen war, wusste Birgit nicht. Sie achtete auch nicht auf ihre Umgebung, nur auf den Raben. Endlich kamen sie auf eine Lichtung. Weit und breit war niemand zu sehen. Der Rabe ließ sich auf dem Rand eines Brunnes nieder. „Sonderbar", dachte Birgit, „wo sind wir hier?" Der Ort war ihr gänzlich unbekannt. Dabei hatte sie schon so viele Spaziergänge unternommen. Es gab kaum einen Winkel, den sie noch nicht gesehen hatte, kaum einen Baum, an dem sie noch nicht vorbeigegangen war. Sie begrüßte sie wie alte Bekannte. Manchmal blieb sie stehen und sprach leise mit ihnen. Hier war alles fremd und doch auf eigentümliche Art vertraut. Im Hintergrund säumten knorrige Buchen den Waldrand. Die Wiese war übersät mit Pechnelken und Arnika. Bienen und Hummeln summten eine muntere Melodie. Sie schaute den Raben genauer an. Schwarz wie Kohle war das Gefieder, ebenso seine aufmerksam blickenden Knopfaugen. Abwechselnd sah das Tier von Birgit zum Boden vor dem Brunnenrand. Hin und her, unaufhörlich. Birgit kam näher. „Hast du etwas verloren? Soll ich dir suchen helfen?" Die junge Frau hockte sich nieder und strich mit der Hand durch das Gras, worauf die Goldlaufkäfer Reißaus nahmen.

Was war das? Kleine funkelnde Steine lagen da. Birgit nahm ein paar davon in die Hand und sah sie genauer an. Sie hatten die Form von Tränen und glänzten wie Perlen. Unvorstellbar schön waren sie. „Hast du die hier gesucht?" Birgit schaute den Raben fragend an. Der schüttelte den Kopf, hüpfte aber aufgeregt auf dem Brunnenrand. „Wolltest du, dass ich sie finde?" Jetzt nickte der Vogel. „Krah!" „Ich danke dir. Sie sind zauberhaft."

Aufmerksam durchsuchte das Mädchen das Gras, sammelte jeden dieser glitzernden Steine in einem kleinen Beutel und steckte ihn sorgfältig in ihre große Tasche. Als der Beutel das Buch berührte, klang es wie sphärische Musik. Birgit presste die Tasche fest an sich, als wollte sie sie nie wieder loslassen. Sie wusste nicht, was hier geschah. Doch ihr Herz klopfte bis zum Hals. Mit einem heiseren „Krah, Krah" erhob sich der

Rabe in die Luft und flog davon. Birgit sah ihm nach. Einer seiner Flügel zeigte eine silbrig glänzende Schwinge.

Sie drehte sich um und wollte zurückgehen. Doch sie stand schon an der Bank, auf der sie vorhin gesessen hatte. Schnell lenkte sie ihre Schritte heimwärts und war bald wieder in ihrer kleinen Wohnung.

Vorsichtig nahm sie die Steine aus dem Beutel. Ein fast unwirklicher Glanz ging von ihnen aus. Wieder hörte Birgit die sphärischen Klänge. Die Steine fingen an zu pulsieren. Fest schloss Birgit ihre Hand darum. Deutlich spürte sie den Einklang der Steine mit ihrem eigenen Herzschlag. Sie saß lange da, regungslos, spürte nur das Pulsieren in der Hand. Irgendwann stand sie auf, legte die Steine sorgfältig in eine kleine, mit Samt gepolsterte Schachtel und schloss den Deckel.

ॐ

So schnell sie konnte, eilte Dana den vom Mondlicht beschienen Weg voran. Was hatte der Fremde gesagt? Sie würde ihre Tochter wiedersehen, ihre über alles geliebte kleine Bridget. Aber was hatte er damit gemeint, sie wäre dann kein Mensch mehr? Was denn sonst? Würde ihre Tochter sie erkennen? Würden sie wieder miteinander leben? War ihre Kleine wieder gesund? Diese Fragen beschäftigten Dana unaufhörlich, während sie weiterlief. Dann schob sie alle Gedanken zur Seite. Sie wollte auf die Götter vertrauen. Die würden ihr gewiss zur Seite stehen.

Stunden war sie unterwegs. Doch der Weg schien nicht enden zu wollen. Ihren Hunger konnte Dana ignorieren, doch der Durst quälte sie. Ihre Füße waren schwer geworden. Mühsam lief sie weiter. Weit hinten am Horizont sah Dana schemenhaft eine Gruppe von Bäumen. Dorthin wollte sie gehen. Im Wald gab es sicher eine Quelle, an der sie ihren Durst stillen konnte. Der Gedanke an das frische, kalte Quellwasser ließ Dana ihre trockene Kehle noch mehr spüren. „Vorwärts", mahnte sie sich selbst. „Du hast es bald geschafft."

Je näher sie kam, desto düsterer erschien ihr der Wald. Die hohen schwarzen Bäume wirkten bedrohlich. Das Rauschen der Blätter klang wie ein unheimliches Flüstern. „Bleib stehen, komm nicht näher", schienen sie zu sagen. Doch Dana ging unverzagt weiter. „Eigenartige Stämme, als ob in jeden der Blitz eingeschlagen hätte", dachte sie und blieb einen Moment stehen.

In diesem Augenblick krachte es laut. Direkt vor ihr fiel ein riesiger Baum zu Boden. Das Entsetzen fuhr Dana in die Glieder. Kalter Schweiß brach ihr aus allen Poren. Ihr Herz raste. Nur ein Schritt weiter ... Sie dankte den Göttern, die sie einen Moment hatten verharren lassen. Am liebsten hätte Dana umgedreht und wäre aus dem Wald gerast. Doch sie musste weiter. Zitternd griff sie nach ihrem Schultertuch, das auf den Boden gefallen war, wickelte sich fest darin ein und setzte ihren Weg fort.

Machur stieß einen Fluch aus. Sein schöner Plan war fehlgeschlagen. Wäre die Heilerin doch nur einen Schritt weiter gegangen. „Beim nächsten Mal entkommst du nicht", murmelte er vor sich hin und sein fieses Grinsen zog sich über das ganze Gesicht. „Beim nächsten Mal wird es klappen."

Unendlich müde schleppte sich Dana vorwärts. Das letzte bisschen Energie hatte ihr der Sturz des Baumes geraubt. „Ich will einen kurzen Moment rasten", dachte sie. „Einen ganz kurzen Augenblick nur. Dann gehe ich weiter." Sie setzte sich nieder und lehnte sich fest an einen der Stämme. „Wenn ich mich dicht an ihn setze, kann mir nichts passieren, auch wenn er fällt." Kaum hatte sie diesen Gedanken zu Ende gedacht, schlief sie ein. Im Traum sah sie den schönen Mann wieder, hörte seine Worte: „Suche einen Ort, weder am Land noch im Wasser. Nicht im Himmel, nicht auf der Erde. Warte dort. Ein Tor wird sich auftun. Schreite langsam hindurch."

Dana fuhr hoch. Wie lange hatte sie geschlafen? Der Traum fiel ihr wieder ein. „Ein Ort, der weder am Land noch im Wasser ist, nicht im Himmel, nicht auf der Erde." Sie grübelte vor sich hin. Wo um alles in der Welt sollte dieser Ort sein? Gab es ihn überhaupt? Musste sie die Worte vielleicht anders deuten?

In Gedanken versunken setzte sie ihren Weg fort. Wer war dieser Mann? Er war schön, seine Stimme klang melodisch. Doch in seinen Augen lag etwas, das Dana einen Schauer über den Rücken jagte.

Stunde um Stunde lief sie weiter. Kälte und Furcht ließen sie frösteln, während sie zwischen den dunklen Bäumen hindurch ging. Die Sonne ließ sich nur spärlich sehen. Nach langer Zeit schien es, als ob sich der Wald lichten würde. Dafür verwandelte sich der Boden. Dana rutschte auf der feuchter werdenden Erde hin und her. Der Schlamm kroch bis zu den Zehen, scheuerte die Haut wund. Dana blieb stehen und zog die

Schuhe aus. Knöcheltief versank sie im Schlamm. Mühsam schleppte sie sich weiter, hoffte, dass sie nicht tiefer einsinken würde. Doch unversehens wurde der Boden wieder fester.

Von weitem drang ein Plätschern an ihr Ohr. Endlich Wasser! Dana leckte sich über die trockenen, rissig gewordenen Lippen. Noch immer hatte sie keinen Schluck trinken können. Sie lenkte ihre Schritte in Richtung des Plätscherns und kam an einen Tümpel. Üble Gerüche gingen von ihm aus. Nein, das war kein Wasser zum Trinken, dachte Dana verzweifelt. Welche Wohltat wäre es gewesen, wenn sie die Füße hätte eintauchen können, den Schlamm abwaschen. Doch das Wasser roch widerlich. Bräunlich-grüne Fäden zogen sich über die Wasseroberfläche. Nicht auszudenken, wie es darunter aussehen mochte. Aber Danas Blicke wurden von etwas anderem angezogen. Über den Teich führte eine Brücke, ein kleiner Steg aus Holz. Weder am Land noch im Wasser, nicht im Himmel, nicht auf der Erde. Sie holte tief Luft. War das die Lösung? Vorsichtig näherte sie sich dem Steg. Sie verharrte einen Moment und schloss die Augen. Im Geiste sah sie ihre kleine Bridget mit ausgebreiteten Armen auf sie zulaufen. Dana zögerte nicht länger. Sie betrat die Brücke, ging langsam bis zur Mitte und blieb stehen.

In diesem Augenblick tauchte eine Krallenhand aus dem Wasser und griff nach Danas Knöchel. Dana schrie auf und versuchte sich zu befreien. Doch die Krallenhand umklammerte den Knöchel mit eisernem Griff. Dana zog und zerrte. Die Krallen waren scharf, der Knöchel fing an zu bluten. Unerbittlich zog die Hand Dana zum Rand des Stegs. Das

Holz splitterte und knackte unter ihren Füßen. Dana schrie gellend auf.

෴

Danuta eilte die Stufen hinunter. „Junge, was
ist denn? Was glaube ich nicht?" Ryan
starrte sie wortlos an. Für einen Moment
hatte es ihm die Sprache verschlage. Danuta
schüttelte ihn am Arm. „Sag doch was! Hast
du was gesehen?" „Ja, ich habe was gesehen." Er schüttelte konsterniert den Kopf.
„Ich habe ein Mädchen gesehen." „Du hast
was?" „Ich habe ein Mädchen gesehen."
„Was denn für ein Mädchen? Und wo ist es
jetzt?" „Ich weiß es nicht." Wieder schüttelte
Danuta ihn am Arm. „Ryan, Junge, jetzt sag
schon..." „Ich hab's doch schon gesagt. Ich
habe ein Mädchen gesehen, eher eine junge
Frau. Sie ging durchs Wohnzimmer und
dann durch die Terrassentür in den Garten."

„Wie kann sie nach draußen gegangen sein? Die Tür ist doch zu." Danuta verstand kein Wort.

„Ob du's glaubst oder nicht, Oma, es war so. Sie ging durch das Zimmer, als ob sie sich alles genau ansehen wollte. Dann strich sie mit der Hand über die Sofalehne, berührte ganz leicht eine der Pflanzen auf der Fensterbank und dann..."

„Was dann, Junge?" „Dann verschwand sie durch die geschlossene Tür nach draußen." „Wie hat sie ausgesehen?" „Sie war wunderschön." Ryan flüsterte beinahe. „So leichtfüßig. Eigentlich ging sie gar nicht, sie schwebte vielmehr über den Boden. Es sah aus, als ob der Wind in ihren Haaren weht. Sie hatte lange braune Haare."

Was redete der Junge bloß? Er war ja ganz durcheinander. Danuta schüttelte den Kopf. Wer weiß, was er tatsächlich gesehen hatte. Energisch schaltete sie die Deckenbeleuchtung an, in der Küche ebenfalls. Jetzt, bei Licht, fühlte sie sich sicherer. Auch Ryan schien wieder klar zu werden, blieb aber dabei, dass er das Mädchen gesehen habe. „Ich glaub dir ja. Aber was bedeutet das alles?"

Ratlos schauten sie sich an. Was ging hier vor sich? Wer war diese junge Frau? Was wollte sie hier? Schade, dass keiner von ihnen an die Kamera gedacht hatte. Es blieb ihnen nichts anderes übrig, als auf die kommende Nacht zu hoffen. Schlafen konnten sie jetzt nicht mehr. Danuta setzte Kaffeewasser auf. Sie kochte den Kaffee immer noch wie früher. Kaffeemaschinen waren nicht ihr Fall. „Frisch aufgebrüht schmeckt der Kaffee ganz anderes", sagte sie immer. Dann ging sie zum Küchenschrank und holte eine Flasche Cognac heraus. Den hatte sie „für besondere Fälle". Heute war zweifellos so ein Fall. Ryan nahm zwei bauchige Cognacschwenker aus der Vitrine und stellte sie vor Danuta auf den Tisch. „Den können wir jetzt brauchen."

In der Ferne hörte sie ein Rauschen. Schnell kam es näher. Dana warf einen verzweifelten Blick zum Himmel. Ein riesiger Adler zerteilte mit gewaltigem Flügelschlag die Luft. Seine meterlangen Schwingen brachten ihn in Sekundenschnelle zum Steg. Statt Krallen trug er messerscharfe Klingen an den Beinen. Mit einem Tritt hatte er die Krallenhand abgetrennt. Was daran hing, stieß einen markerschütternden Schrei aus und versank in der

Tiefe. Auch Dana schrie, denn die abgetrennte Hand hielt weiterhin den Fuß umklammert. Kräftig hackte der Adler mit seinem gefährlichen Schnabel, der ebenfalls in einer Klinge endete, nach der Hand.

Da endlich löste sie sich vom Bein, zog sich zusammen und zerfiel. Dana warf einen Blick auf den Adler. Ein menschliches Gesicht schaute zurück. Noch bevor sie ihm für seine Hilfe danken konnte, erhob er sich mit mächtigem Flügelschlag in den Himmel. Sie sah ihrem Lebensretter hinterher, wie er durch die Lüfte flog. Eine seiner Federn war so hell wie die Strahlen des Mondes.

„Was bedeutet das alles?" Dana war völlig durcheinander. Wer wollte sie töten? Und warum? Zu wem hatte die Krallenhand gehört? Und wieso hatte der riesenhafte Adler sie gerettet? Woher kam er? Wieso hatte er gewusst, dass sie in Gefahr war? Fragen über Fragen stürmten durch ihren Kopf. So schnell sie konnte, rannte sie von der Brücke herunter.

❧

Garaniel hörte mit zornigem Gesicht zu, als Reiluan ihm berichtete, was Dana beinahe zugestoßen wäre. „Damit ist Leandra zu weit gegangen. Elfen töten keine Menschen. Weder sie noch andere waren durch die Frau in Gefahr." „Ich glaube nicht, dass Leandra allein die Schuld trägt", wandte Reiluan ein. „Bestimmt ist ihr Ratgeber, der Dunkelelf, ebenfalls dafür verantwortlich." „Ich glaube, du hast recht, mein Sohn. Leandra war die ganze Zeit hier in der Nähe. Doch ich bin sicher, dass sie davon gewusst oder sogar den Befehl gegeben hat. Aber wie dem auch sei", entgegnete Garaniel, „jetzt schreite ich ein. Schicke einen Boten zu der Feenkönigin und lasse sie auf der Stelle herkommen." „Soll ich nicht besser selbst...?" „Nein, mein Sohn, du sorgst dafür, dass der Frau kein Leid geschieht." Reiluan musste zugeben, dass das wohl besser war. Und so geschah es. Die Feenkönigin erschien vor Garaniel und bebte vor Wut. „Wieso werde ich hierher zitiert? Was wird mir vorgeworfen?" „Als du die Frau bestrafen wolltest, habe ich nichts unternommen. Du warst im Recht, auch wenn ich deine Strafe viel zu hart fand. Immerhin hatte sie einen Eid missachtet. Aber jetzt hast du eine Grenze überschritten. Wieso versuchst du sie zu töten?"

Kalt blickte Garaniel ihr ins Gesicht, jeder Zoll pure Unnachgiebigkeit. Leandra schaute ihn verständnislos an. „Wieso töten? Wovon redest du da? Schließlich war ich die ganze Zeit hier. Du hast mich doch gesehen. Ich habe ihre kleine Tochter zu mir genommen. Damit war für mich die Sache erledigt. Ich kann die Kleine gut gebrauchen. Sie kennt die Sprache der Runen." Leandra verstummte abrupt. Jetzt hatte sie mehr gesagt, als sie eigentlich gewollt hatte. Das mit den Runen hatte keiner erfahren sollen.

Na ja, besser Garaniel als Machur. Natürlich! Das war's. Der Dunkelelf war von Natur aus bösartig und hinterlistig. Sie musste versuchen, den Anschein zu erwecken, dass Machur vollkommen eigenmächtig gehandelt hätte. Im Moment hatte der Fürst sie selbst in Verdacht. Wenn er sie verbannte, hätte Machur freie Bahn. Aber wenn sie ihn von ihrer Unschuld überzeugen könnte, würde Machur verbannt und sie wäre ihn ohne Mühe los.

Garaniel horchte auf. Im ganzen Reich hatte es nur ein einziges Wesen gegeben, das die Sprache der Runen gekannt hatte: Anu, die weise Alte. Durch einen geheimen Zauber war sie eines Tages spurlos verschwunden. Niemand hatte sie je wiedergesehen. Unzählige Zeiten war das schon her. Und jetzt war da ein kleines Kind, das sich ebenso mit den Runen auskannte. Garaniel versank in Gedanken. Die Fee hatte er völlig vergessen.

Ungeduldig trat sie von einem Fuß auf den anderen. „Habt Ihr noch einen Wunsch oder kann ich gehen?" Garaniel antwortete nicht. Er hatte sie nicht gehört. Leandra wartete die Antwort nicht ab. Sie drehte sich um. Im gleichen Moment hörte sie die Stimme des Fürsten: „Sollte dem Kind etwas zustoßen, ist dein eigenes Schicksal besiegelt." Leandra zuckte mit den Achseln. Sie hatte nicht vor, dem Kind etwas anzutun. Im Gegenteil, sie brauchte es. Anderenfalls würde Machur nur zu gerne die Aufgabe des Tötens übernehmen.

„Das Gleiche gilt für die Mutter!" Wütend fuhr Leandra herum. Mit funkelnden Augen fauchte sie Garaniel an: „Ich habe ihr nichts getan. Das habe ich schon gesagt." „Hoffentlich hält sich auch dein Gehilfe daran. Sonst wird die Strafe euch beide treffen."

Bridget saß unterdessen an ihrem Lieblingsplatz unter der Birke und warf die Runen. Etwas Besonderes verband sie mit diesen Schriftzeichen. Erklären konnte sie es nicht, dazu war sie noch zu klein. Doch sie war sehr empfindsam und spürte die Schwingungen. Auch wusste sie instinktiv, dass sie Leandra nicht verraten durfte, wie man aus den Runen lesen konnte. Immer, wenn die Feenkönigin danach fragte, hatte sie etwas Lauerndes, das Bridget Angst machte. So hatte sie sich ein paar Erklärungen ausgedacht, um Leandra auf ihre Fragen zu antworten. Das Mädchen wusste nicht, wie lange die Feenkönigin noch darauf hereinfallen würde. Doch bis dahin, so hoffte die Kleine, wäre ihre Mutter vielleicht wieder bei ihr. In der Zwischenzeit bemühte sie sich, so viel wie möglich von den Runen zu verstehen und zu deuten. Sie hatte schon überlegt, einfach wegzulaufen. Doch die Fee hätte bestimmt Machur geschickt, um sie zu suchen. Bridget hatte Angst vor dem Dunkelelf. Also blieb sie.

Machur seinerseits interessierte sich nicht für das Mädchen. Er fand es einfach lästig.

Warum sich Leandra mit ihm abplagte, konnte er nicht verstehen. Hätte er von den Runen erfahren, wäre es Bridget übel ergangen. Der Elf war nicht so leicht hereinzulegen. Er hätte das Kind mit Drohungen so geängstigt, dass sie ihm alles gesagt hätte.

Im Moment verfolgte Machur allerdings ganz andere Absichten. Er hasste Reiluan aus tiefstem Herzen. Wiederholt war ihm Garaniels Sohn in die Quere gekommen. Liebend gerne hätte der Dunkelelf ihn vernichtet. Doch das musste gut überlegt sein. Im Zweikampf war Machur chancenlos. Das wusste er nur zu gut. Obendrein musste er sich vor Garaniel hüten. Der Herr der Elfen konnte unerbittlich sein. Machur brütete tagelang und ersann einen bösen Plan.

Reiluan ahnte nichts von Machurs dunkler Absicht. Er war vielmehr darauf bedacht,

Dana vor drohendem Unheil zu schützen. Diese war immer noch unterwegs auf der Suche nach ihrer Tochter. Sie gönnte sich kaum eine Rast. Reiluan konnte nichts weiter tun, als zu beobachten und auf der Hut zu sein.

Wieder hatte Dana nur ein paar kurze Stunden geruht. Als sie die Augen aufschlug, war es noch früh am Morgen. In der Nacht hatte es geregnet. Das Licht der Sonne reichte aus, um die Welt dem Griff der Nacht zu entreißen. Bald würde die Lerche ihr Morgenlied anstimmen. Dana atmete tief ein. Sie genoss den Geruch von feuchter Erde. Der Weg schlängelte sich einen steilen Hang hinauf. Unverzagt ging Dana weiter, immer auf der Suche nach einem Hinweis. Das Sonnenlicht verfing sich in den Zweigen einer Birke. Da, ein winziger weißer Körper mit flirrenden Libellenflügeln tauchte vor ihr auf. Dana konnte nicht erkennen, was es war. Das Wesen flog ein paar Meter weiter, blieb in der Luft stehen, kam wieder zurück. Flog erneut vor, als wollte es sagen: „Folge mir!" Schnell eilte Dana ihm nach. Mittlerweile stand die Sonne schon recht hoch und überflutete die Umgebung. Alles strahlte in satten Farben. Das Licht fiel auf dunkelgrüne Büsche und hohe Weißdornhecken. Das libellenartige Ding flog auf die Hecken zu und verschwand darin. Wo war es geblieben? Dana versuchte durch die Hecke zu spähen, konnte jedoch nichts erkennen. Sie tastete vorsichtig herum, bog das Holz leicht zur Seite. Im gleichen Augenblick schlossen sich die Zweige fest zusammen und hielten Danas Hände wie in einem Schraubstock umklammert. Die Dornen drangen durch die Haut. Verzweifelt versuchte Dana sich loszureißen. Dabei stachen die Dornen nur noch tiefer. Sie schrie vor Schmerz auf.

Reiluan hörte den Schrei nicht. Er wusste nicht einmal, wo er selbst gerade war. Der graue Nebel um ihn herum durchtränkte alles mit Feuchtigkeit und verschluckte jeden Laut. Der junge Mann tastete sich unsicher ein paar Schritte vorwärts. Seine Hände stießen nirgends an, berührten nur Luft. Feuchte, graue Luft. Es war, als würde er auf Watte laufen. Die Situation hatte etwas Unwirkliches. Mehr und mehr glitt er in einen Schwebezustand wie unmittelbar vor dem Schlaf. Er dachte an nichts, er erinnerte sich an nichts. Stand einfach da, eingehüllt in ein graues Gewand aus Nichts. Machur frohlockte. Endlich war es ihm gelungen. Reiluan saß in der Falle. Der verhasste Gegner würde keinen einzigen von seinen Plänen mehr durchkreuzen. Dem grauen Nichts konnte er nicht entfliehen. Denn es hatte keine Grenzen. Das monotone Einerlei würde Reiluan alle Erinnerungen nehmen.

Machur entschied, es sei besser, Leandra nicht einzuweihen. Das Kind ging ihr auf die Nerven. Nichts anderes interessierte sie im Moment.

„Dir kann geholfen werden", murmelte der Dunkelelf vor sich hin. Leandra hatte verboten, das Kind zu töten. Doch von einem Unfall hatte sie nicht gesprochen. Natürlich! „Da hätte ich schon eher drauf kommen können." Eilig machte sich der Dunkelelf auf den Weg zu dem Kind. Er fand die Kleine wie erwartet unter ihrem Lieblingsbaum sitzend. Heimlich schlich er sich an. Mit was spielte das Kind? Bislang hatte Machur nicht herausfinden können, warum Leandra das Mädchen behalten wollte. Auf Zehenspitzen bewegte er sich weiter. Da sah er es. Runen! Das Kind spielte mit Runen. „Jetzt weiß ich, was du planst", knurrte er grimmig vor sich hin. Leandra wollte die Sprache der Runen lernen.

Deshalb behielt sie das Kind. Den Plan würde ihr der Dunkelelf versalzen.

Bridget schaute hoch. Vor ihr stand ein wunderschöner junger Mann. Seine Haare glänzten wie das silberne Mondlicht. Er lächelte sie freundlich an. „Hallo, Kleine, was spielst du denn da?" Arglos antwortete Bridget: „Ich werfe Runen." Der Mann lächelte so freundlich, dass sie alle Scheu verlor. „Ich werfe sie hoch und lese dann, was sie mir sagen." „Du bist aber ein kluges Mädchen", staunte der blonde Fremde. „Spielst du ganz allein? Ist das nicht langweilig?"

„Manchmal schon", gab Bridget zu. „Die Fee lässt mich fast den ganzen Tag allein." „Das ist aber nicht nett von ihr. Wie kann man ein so liebes Mädchen immer allein lassen?" „Sind denn keine anderen Kinder da, mit denen du spielen kannst?" „Nein, hier ist niemand." „Möchtest du mit anderen Kindern spielen?" „Weißt du denn, wo die sind?" „Ja natürlich, sie spielen hinten am See. Da sind sie fast jeden Tag. Es ist schön am See. Das Wasser glitzert, und die Wellen singen leise. Am Ufer blühen Blumen. Libellen fliegen über das Wasser. Möchtest du es sehen?" Bridget nickte eifrig. „Oh ja, sehr gerne." „Dann komm. Ich zeige es dir." Bridget sprang auf, sammelte ihre Runen ein und reichte den Mann die Hand. Der nahm sie und lächelte das Kind an. „Komm, wir gehen zum See."

Dana ließ ihren Blick über den See schweifen. So friedlich, als gäbe es nichts Böses. Die glitzernden Wellen, es war mehr ein leichtes Kräuseln der Wasseroberfläche, hatten etwas Meditatives. Doch da bewegte sich etwas am anderen Ufer. Sie konnte nicht erkennen, was es war. Dann wurde sie von einem großen Stück Holz abgelenkt, das über den See trieb. Dicht vor ihr blieb es in den Wurzeln eines Baumes, der bis ins Wasser ragte, hängen. Dana machte ein paar Schritte ins seichte Nass, fischte es heraus und sah es prüfend an. Wurzelwerk und Baumrinde hatten sich zu einem bizarren Gebilde verwoben. So etwas hatte Dana nie zuvor gesehen. In ihren Händen schien es zum Leben zu erwachen, strahlte eine Wärme aus, fühlte sich so weich an, als sei es ein menschliches Wesen. Ganz sonderbar wurde ihr zumute, als ihr bewusst wurde, wo sie stand. Nicht am Land, nicht im Wasser. „Wie ein Übergangsort", kam es ihr in den Sinn. Ein Ort zwischen den Elementen, zwischen den Welten. Behutsam strich sie mit den Fingern die Borke nach, spürte, wie rau und doch sanft zugleich sie war. Wieder regte sich etwas am anderen Ufer. Mit der Hand beschattete sie die Augen, kniff sie zusammen, um etwas erkennen zu können. Doch es war zu weit entfernt. Ihr Blick fiel auf das Holz. Es begann zu leuchten. Das Leuchten wurde zum Strahlen, und aus dem Holz heraus erschien das Antlitz einer uralten Frau. Lange graue Haare umrahmten das runzlige Gesicht, aus dem Augen in tiefer Weisheit heraus leuchteten. „Komm zu mir, und du wirst deinem Kinde nahe sein." Vor Schreck ließ Dana das Teil zu Boden fallen. Das Licht erlosch. Eilig hob sie es auf. „Verzeih mir, ich wollte dich nicht fallen lassen. Was hast du da über mein Kind gesagt? Wo ist es?" Das Gesicht erschien erneut. „Komm zu mir. Ich werde es dir zeigen." „Was muss ich tun?" „Umarme mich und schließe die Augen." Dana nahm das Fundholz in beide Arme, drückte es fest an sich und schloss die Augen. Sie spürte eine Wärme in sich aufsteigen, fühlte sich plötzlich ganz leicht. Dann stand sie der alten Frau gegenüber. „Sei willkommen, Tochter!" Langsam rollte das Holz in den See, schwamm auf dem silbrigen Gekräusel der anderen Seite entgegen.

Bridget schaute auf den See. Wie schön war es hier. Genauso, wie der Mann gesagt hatte. Vor Freude klatschte sie in die Hände. „Möchtest du nicht ein bisschen im See schwimmen?" Der Tonfall hatte etwas Falsches, doch Bridget bemerkte es in ihrer Freude nicht. „Darf ich denn einfach ins Wasser?" Sie schaute ein wenig skeptisch. „Ja, natürlich darfst du", lächelte der Fremde. „Aber ich ziehe mir vorher die Schuhe aus." Schnell streifte das Kind die Sandalen ab und watete vorsichtig zum Wasser. „Geh ruhig etwas weiter hinein." Ermutigend nickte ihr der Mann zu.

Bridget gluckste vor Freude. Wie toll sich das Wasser an den Füßen anfühlte. Was für ein Spaß in dem kühlen Nass. Sie spürte den leichten Schlamm zwischen den Zehen und genoss quietschvergnügt dieses unbekannte Gefühl. Dabei bemerkte sie gar nicht, wie sie immer weiter in den See geriet.

Als sie sich umdrehte und dem Mann zuwinken wollte, sah sie noch, dass dieser ihre Sandalen in der Hand hielt. In hohem Schwung warf er einem nach dem anderen weit in die Mitte des Sees. Im gleichen Augenblick schlugen die Wellen über Bridgets Kopf zusammen. Lautes Gelächter schallte über das Wasser.

Panisch schlug die Kleine um sich. Sie hatte bisher nicht schwimmen gelernt. Doch instinktiv begann sie zu paddeln wie ein junger Hund, strampelte mit den Beinen. Aber sie hatte nicht viel Kraft, wurde schnell müde. Immer wieder tauchte sie unter, schluckte Wasser. Völlig verzweifelt schrie sie nach ihrer Mutter. In diesem Moment trieb ein großes Stück Holz auf sie zu.

Garaniel lief unruhig hin und her. Seit Tagen war sein Sohn nicht mehr aufgetaucht. Was war geschehen? Der Fürst spürte, dass Reiluan etwas zugestoßen war. Steckte Leandra dahinter? Oder vielleicht ihr Helfer Machur?

„Wo warst du?" Machur stand lässig an einen Baum gelehnt. Im Stillen genoss er die Wut und Hilflosigkeit Leandras. Sie konnte ihm nichts vorwerfen, hatte keine Handhabe gegen ihn. „Was meinst du?" Er spielte den völlig Ahnungslosen. „Du weißt genau, was ich meine." Leandra war außer sich vor Wut. „Wo ist das Kind?" „Woher soll ich das wissen?" „Sie ist spurlos verschwunden. Bestimmt steckst du doch dahinter." „Wieso sollte ich?" „Du wolltest sie doch von Anfang an loswerden."

Machur machte einen Schritt auf die Feenkönigin zu. „Sei vorsichtig, was du sagst. Sie ist dir auf die Nerven gegangen. Du hast sie nur behalten, um die Runenkunde von ihr zu lernen." „Woher weißt du davon?" Leandra war verunsichert. Wie hatte der Dunkelelf das erfahren? Außer ihr wusste niemand davon. Machur grinste verschlagen. „Da hast du mich wohl für dümmer gehalten als ich bin. Aber du hast dich verrechnet."

Leandras Gedanken überschlugen sich. Er hatte es gewusst. Natürlich, er vertraute ihr so wenig wie sie ihm. Sie konnte sich nicht mehr auf ihn verlassen, musste schnell handeln. Unbemerkt nahm sie ein Amulett aus ihrem Gewand, drehte sich blitzschnell zu ihm um und streckte es ihm entgegen. „Zu Stein sollst du werden von Kopf bis Fuß."

Ungläubig schaute Machur die Fee an. Noch während sich seine Lippen zu einem verächtlichen Grinsen verzogen, erstarrte er. Triumphierend blieb Leandra vor dem großen Felsbrocken stehen. „Mich wolltest du besiegen. Mich, die Feenkönigin. Glaubst du wirklich, du wärst mir überlegen? Gut, ich werde dich auf die Probe stellen. Wenn du in dieser Gestalt stärker bist als ich, soll der Zauber gebannt sein."

Höhnisch lachend wandte sie sich zum Gehen. Im gleichen Augenblick tauchte Garaniel vor ihr auf. Leandra wurde totenbleich. Hatte er das alles mit angesehen? Ihr war klar, dass sie ihre Grenzen überschritten hatte. Kein Wesen hatte das Recht, ein anderes zu verwandeln, außer in großer Not. Sonst oblag die Verwandlung als Bestrafung einzig und allein dem Fürsten. In Not war sie nicht gewesen. Rache und Wut hatten sie getrieben. Ihr Blick in Garaniels Gesicht ließ sie erschaudern. Blitze schossen aus seinen Augen. Er schien um ein Vielfaches größer, seit sie ihn das letzte Mal gesehen hatte.

„Was suchst du hier?" Garaniel antwortete nicht. Leandra begann zu zittern, suchte nach Worten. „Machur wollte mich angreifen. Ich hatte Angst, deshalb habe ich ihn verwandelt." „Du lügst!" Leandra war ratlos. Wie sollte sie dem Fürsten erklären, was sie zu ihrem Verhalten getrieben hatte? Nie würde er es verstehen. Zu sehr hatte sie sich in ihren Machtgedanken verheddert.

„Und wo ist mein Sohn?" Entsetzt schaute die Fee ihn an. Ging das auch auf Machurs Konto? Sollte er tatsächlich Reiluan getötet haben? „Das weiß ich nicht. Glaube mir, davon weiß ich nichts." „Trägst du Schuld am Tod meines Sohnes, wirst auch du sterben." Angsterfüllt wich die Fee zurück. „Nein, glaube mir doch, damit habe ich nichts zu tun. Ich weiß nicht, was Machur getan hat." „Schweig!", donnerte Garaniel. „Durch deine Schuld hat dieser Dunkelelf so viel Macht bekommen. Du wusstest, wie bösartig und machthungrig er ist. Trotzdem hast du ihm keinen Einhalt geboten. Alles, was passiert ist, ist deshalb letztlich deine Schuld." „Aber jetzt kann er kein Unheil mehr anrichten." Leandra zeigte auf den Stein. „Sieh doch, was aus ihm geworden ist." Garaniel schaute auf den Felsbrocken. Die Fee hielt den Atem an. Was würde der Fürst jetzt tun? Natürlich hätte sie Machur nicht verwandeln dürfen, doch gerade dadurch hatte sie sein weiteres schändliches Tun verhindert.

Garaniels eiskalter Blick verhieß nichts Gutes. „Und wie kann Machur, der Stein, mir sagen, wo mein Sohn ist?" Leandras Hoffnung sank auf den Nullpunkt. „Verzeih mir, aber ich kann den Fluch nicht aufheben. Das geschieht erst, wenn Machur mich in seiner jetzigen Gestalt besiegt." „Er soll nie wieder unter unseresgleichen weilen. Sollte sich deine Prophezeiung je erfüllen, wird Machur, sobald er zum Leben erwacht, zu Staub zerfallen. Du aber wirst meinen Sohn finden." „Wo soll ich denn nach ihm suchen?" „Überall." Garaniel war unerbittlich. „Ich hoffe für dich, dass du ihn findest. Und damit du nicht noch mehr Unheil anrichten kannst, verfügst du von jetzt an und auf ewig nicht mehr über deine magischen Kräfte."

❧

Zu Hause stand Birgit am Fenster und betrachtete die glitzernden Steine. Ein überirdisches Leuchten ging von ihnen aus. Jeder Tropfen war von einer strahlenden Aura umgeben. „Tropfen wie Tränen", schoss es Birgit durch den Sinn. Ganz warm lagen sie in ihrer Hand. Dann begannen sie zu pulsieren. Birgit erschrak und zog ihre Hand weg. Die Steine fielen auf den Boden. Da lagen sie, ohne zu glänzen, ohne zu pulsieren. Lagen da wie gewöhnliche Kiesel. Birgit wich einen Schritt zurück. Was waren das für Steine? Sie schienen gerade noch gelebt zu haben. Vorsichtig beugte sie sich herunter und berührte einen der Steine ganz leicht mit einem

Finger. Schwaches Leuchten umgab ihn. Kaum zog Birgit ihre Hand zurück, verschwand das Leuchten. Ganz geheuer war ihr das nicht. Trotzdem hockte sich Birgit hin und sammelte vorsichtig einen Stein nach dem anderen wieder auf. Und wie vorhin fingen sie an zu glitzern. „Was wollt ihr mir sagen?" Birgit flüsterte fast. Darauf ging eine so große Strahlkraft von den Tropfen aus, dass Birgit geblendet die Augen schließen musste. Sie drehte den Kopf etwas zur Seite, um nicht direkt in den Glanz zu sehen. Da fiel ihr Blick auf das Runenbuch. Es lag aufgeschlagen auf dem Tisch. Birgit war sicher, dass es zuvor geschlossen gewesen war. Wieder sah sie auf die umgedrehte 1. Und sie las die Worte:

Ƿ Laguz ist die Rune der Initiation. Sie symbolisiert Wasser, Meer und Fluss. Die

Rune fordert dich auf, den Botschaften deines Unterbewusstseins besondere Aufmerksamkeit zu schenken. Achte auf deine Träume! [1]

Meinte die Rune das Haus, von dem sie immer träumte? Ihr Herz klopfte rasend schnell. Im gleichen Tempo pulsierten auch die Steine. „Wo soll ich es finden?" „Mache dich auf den Weg. Wir werden dir helfen." „Wann soll ich gehen?" „Jetzt!"

Noch immer war Reiluan in diesem wabernden Nichts gefangen. Sein Dämmerzustand hielt ihn umschlungen. Von tief in seinem Inneren drangen ein paar Gedanken zu ihm vor. „Wie komme ich hierher? Was mache ich hier? Wer bin ich denn überhaupt?" Da

---

[1] Quellenangabe: Witchcircle-dtd.de

war ihm, als höre er etwas. Einem Wind-hauch gleich erklang eine Stimme im Nebel: „Reiluan, mein Sohn, wo du auch bist, denke daran: Du bist stark genug, dich aus jeder Situation zu befreien. Vergiss das nicht! Du bist stark."

Reiluan horchte auf. Die Stimme drang in sein Bewusstsein und löste seine Starre. Das war doch sein Vater, der ihn rief. „Ryan, mein Junge, wo bist du? Ich brauche dich." Wer war das denn? Eine Frauenstimme, die ein warmes Gefühl in seiner Brust auslöste.

Der junge Mann holte tief Luft. Ja, er war stark, genau wie der Vater gesagt hatte. Und außerdem brauchte ihn die Großmutter. Ohne lange darüber nachzudenken, streckte er die Arme aus und schob den Nebel mit beiden Händen auseinander. Und siehe da – das alles umhüllende Grau verschwand.

Stattdessen fand sich der junge Mann in einem alten Haus wieder.

⁊

Danuta war beunruhigt. Ryan hatte sich schon seit Tagen nicht mehr bei ihr gemeldet. Hoffentlich war dem Jungen nichts passiert. Sollte sie die Polizei alarmieren? Weil ein junger Mann ein paar Tage nicht bei seiner Großmutter gewesen war? Man würde sie nur auslachen. Doch ihre Unruhe wurde immer stärker. Da war etwas, nicht greifbar, aber böse. Der Junge war an einem dunklen Ort. Wo, wusste sie nicht. Welcher Art das Böse war, das da lauerte, wusste sie auch nicht. Und wenn, was hätte sie tun können? „Nichts", musste sie sich eingestehen. „Ich kann gar nichts tun."

Ob es mit dem Mädchen zusammenhing, das nachts auftauchte und wieder verschwand? Aber das hatte nicht so ausgesehen, als ob es Böses im Schilde führte. Kam, schaute sich alles an, strich leicht über die Möbel, wie eine Liebkosung, und verschwand wieder. Wie sollte ein solches Wesen gefährlich sein?

Danuta setzte sich in einen Sessel, nahm die Zeitung, legte sie wieder hin und stand auf. Schaute aus dem Fenster, ob nicht vielleicht das Auto, Ryans Auto, zu sehen sei. Vor der Skulptur blieb sie stehen. Dabei sah sie vor sich das strahlende Gesicht und die Freude, als Ryan sie ihr in die Arme gelegt hatte. „Du kommst von weit her", murmelte sie und strich leicht über das Holz.

„Dein Weg war ebenso weit." Danuta zuckte zusammen. Wer hatte da gesprochen? „Wer

bist du?" „Was fragst du? Du weißt es doch."
Hatte die Skulptur geantwortet? Wie war das
möglich? „Was meinst du damit, mein Weg
wäre ebenso weit? Was weißt du von mir?"
„Alles."

Vor ihren Augen erschien das Gesicht einer
uralten Frau. Lange graue Haare fielen über
ihre Schultern. Tiefe Runzeln hatten sich in
die Haut gegraben. Augen von unendlicher
Weisheit schauten sie an. „Wer bist du?" „Er-
kennst du es nicht?" Danuta zitterte am ganzen Leib. Hier geschah etwas, dem sie keinen Namen geben konnte. Es machte ihr
Angst. Wäre Ryan bloß hier. „Du bist nicht in
Gefahr." Konnte die Alte Gedanken lesen?
„Was willst du hier?" „Vereinen, was ge-
trennt. Was war, soll wieder sein, damit es
werden kann."

Das Bild flimmerte vor Danutas Augen. Auf der Haut der Alten tauchten Zeichen auf, fremd, doch auf seltsame Weise vertraut. „Die Trias ruft." Sekunden später war Danuta verschwunden.

In dem alten Haus stand ein junger Mann vor der Skulptur mit den drei Gesichtern der Göttin. „Jetzt seid ihr vereint", murmelte er leise. Dann nahm er sie auf und ging durch die Terrassentür in den Garten. Ein Regenbogen warf seinen Schein direkt vor ihm ins Gras. Er setzte einen Fuß darauf und schaute sich noch einmal um. Alles war so, wie es sein sollte. Dann ging er auf den Farben des Regenbogens mit der Trias im Arm in das Land jenseits der Zeit. Seine Haare flatterten im Wind. Sie hatten die Farbe des vollen Mondes.

Epilog

Hilflos lag Leandra auf dem Waldboden. Sie war mit ihrem Fuß in ein Erdloch gerutscht, als sie dicht an dem Felsbrocken vorbeigehen wollte. In dem Moment war der Stein zur Seite gerollt und hatte ihren Fuß unter sich begraben. Verzweifelt versuchte Leandra sich zu befreien. Alles Ziehen und Zerren half nichts. Davon tat der Fuß nur höllisch weh. Ihrer Macht beraubt konnte sie sich nicht mehr durch Magie helfen. Mit ihren Händen grub sie die Erde beiseite, versuchte den Fels fortzuschieben. Er rührte sich nicht. Leandra schrie laut um Hilfe. Niemand kam. Wieder und wieder drückte sie gegen den Brocken, stemmte ihr anderes Bein mit aller Kraft dagegen. Vergeblich. Völlig erschöpft hielt die Fee inne.

Tagelang war sie nun schon gefangen. Gegen den brennenden Durst leckte sie den Tau vom Gras. Zu essen gab es nichts. Noch immer war es ihr nicht gelungen, den Stein fortzuschieben. Längst schon hatte sie die Hoffnung aufgegeben, dass ihr jemand zu Hilfe kommen könnte. Sie schloss die Augen, spürte, wie alle Kraft sie verließ. Wenig später tat sie ihren letzten Atemzug. Im gleichen Augenblick zerfiel der Fels zu Staub.

Erläuterung:

Danu ist die Große Mutter Erde, die alles gibt und alles wieder in sich aufnimmt. Sie stellt die weibliche Seite der keltischen Mythologie dar. Zusammen mit Bridget, der Jungfrau (wahrscheinlich ihre Tochter) und Anu, der Greisin, bildet sie eine Trias.[2]

---

[2] Quellenangabe: Druidenwelt.de

Die Autorin

Martina Hörle, geboren 1959 in Solingen, geprüfte Betriebswirtin, arbeitet als freiberufliche Text- und Fotojournalistin. Zuvor war sie viele Jahre als Dozentin in kaufmännischen Fortbildungen und Umschulungen tätig.

Sie schreibt hauptsächlich Kurzgeschichten, Märchen und lyrische Texte. Am liebsten ist sie dabei in mystischen Welten unterwegs.

Sie hat bereits zahlreiche literarische Veranstaltungen organisiert, häufig mit musikalischer Begleitung, und übernimmt als Laudatorin die Eröffnung von Vernissagen.

2014 schloss sie die Fortbildung als Märchenerzählerin ab und gründete im gleichen Jahr die Solinger Autorenrunde. Seit 2020 ist sie Mitglied im Freien Deutschen Autorenverband NRW.

www.martinahoerle.jimdofree.com

Publikationen

- Wo alles endet und alles beginnt
  (Mystische Erzahlung in 5 Teilen)
- Zeitgedanken
  (Lyrische Texte und Verse mit Foto-
  grafien von Andreas Erdmann)
- Es geschah (n)irgendwo
  (eine Sammlung mystischer Ge-
  schichten, illustriert von Ingo Schleu-
  termann)
- SOLINGEN ganz nah!
  (Kurzgeschichten, Rätsel, Lieder und
  Gedanken)

Laudatorin bei

- Vernissage „FuturTier" – Galerie Kirschey zum KulturMorgen 2019
- Vernissage „Besucher einer Ausstellung" – Fotokünstler Wolfgang Vomm in der Dampfschleiferei Loosen Maschinn in Solingen Widdert

Organisatorin kultureller Events:

- Halloweenfestival 2016 im Alten Stellwerk bei Stefan Seeger
- Märchenfestival 2016 im Alten Stellwerk bei Stefan Seeger